# SEX

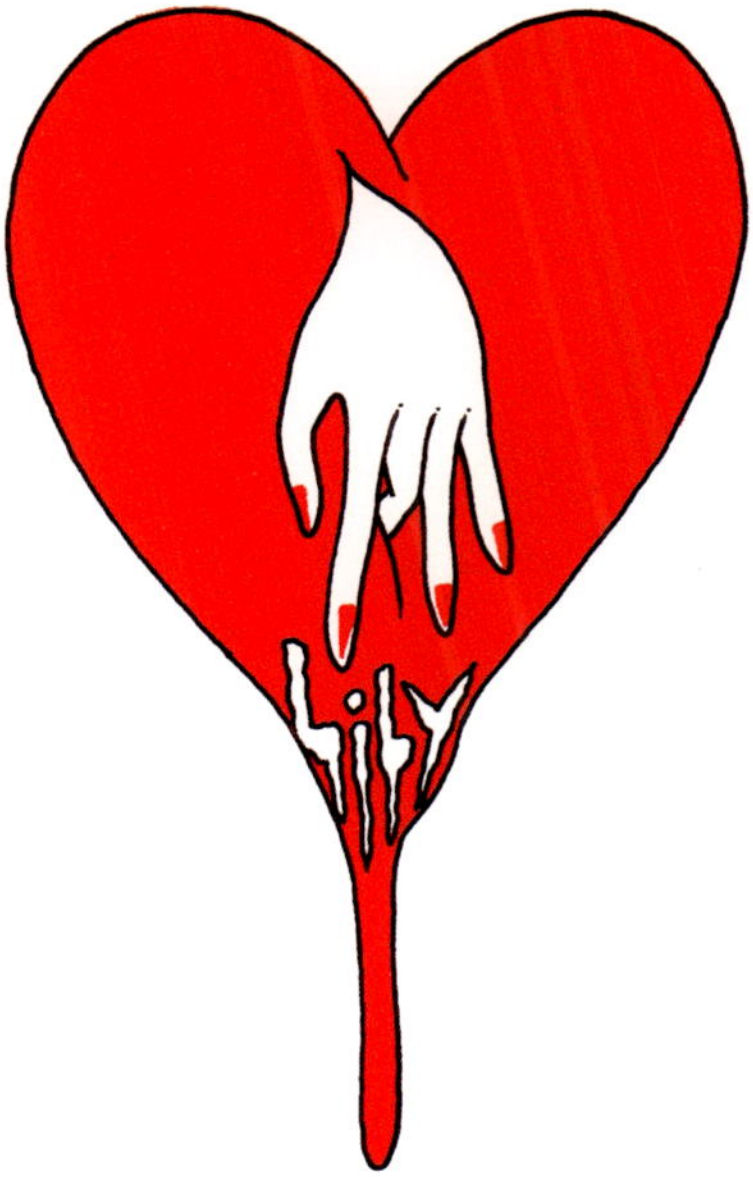

S E X

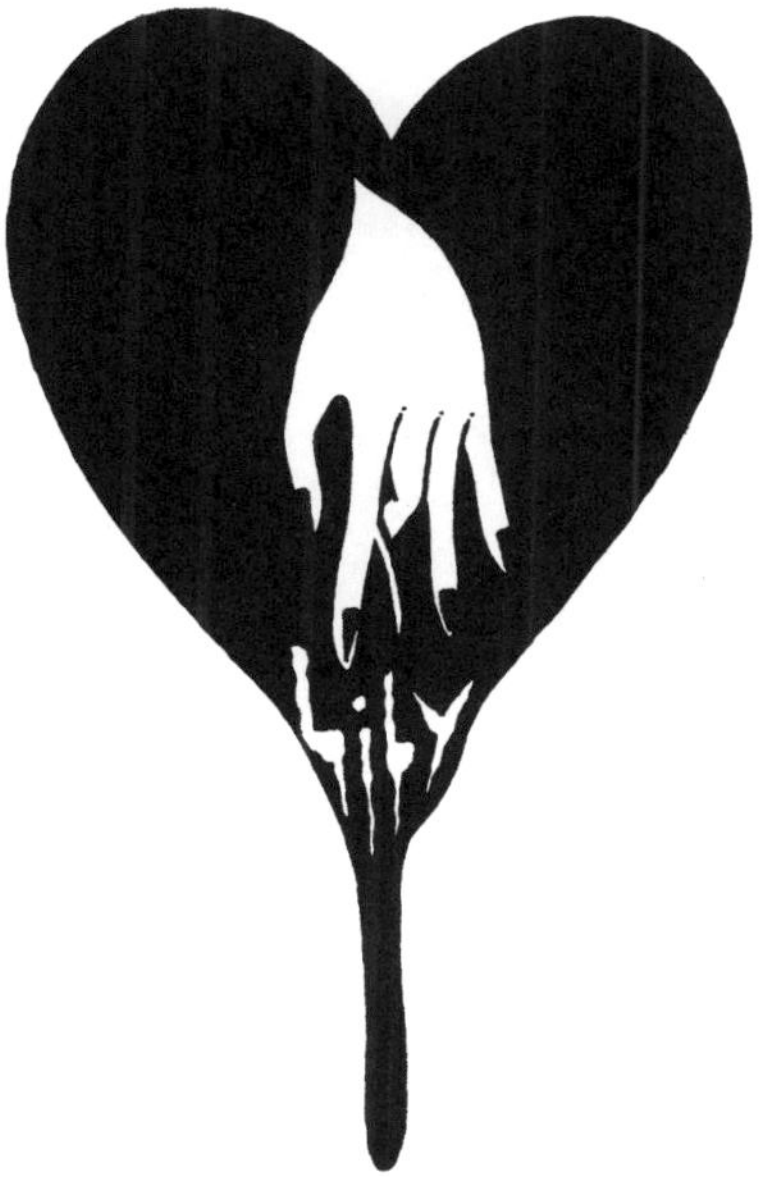

# Introduction

はじめに。

その本は、まだ10歳だった私が
どんなに腕を伸ばしても、
指先さえ届かぬ所に置かれていた。

時は、90年代。
場所は、ニューヨーク、
バーンズ&ノーブルズ。
誘惑でしかなかったその本は、
MADONNAの写真集『SEX』。

シルバーの袋に包まれて、
カバーさえ
子供の私の目には
触れぬよう、隠されていた。

いつか、
必ずなろうと心に決めた。
オンナに。
自分の性的魅力と欲望を
どちらも同時に最大限に、
愉しむことができるオトナに。
それだけを夢に少女時代を生きてきた。

遂に。
ようこそ、オンナの官能世界へ。

CONTENTS

Book design by Kyo-ko Fujisaki

Photograph by RK (@rkrkrk)

Illustration by Yanagida Masami

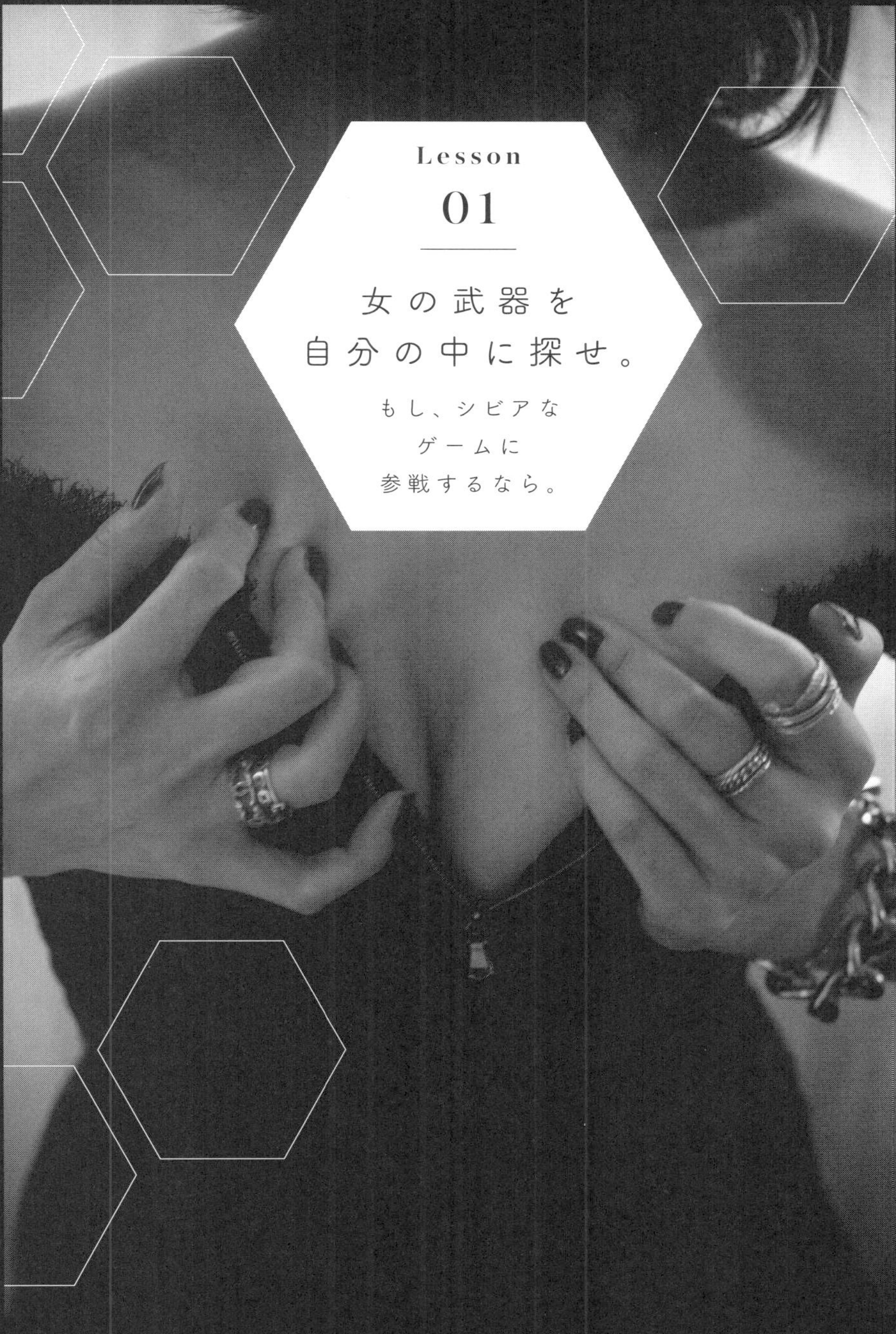

# Lesson 01

## 女の武器を自分の中に探せ。

もし、シビアな
ゲームに
参戦するなら。

もし、誰にもバレることなく今すぐにセックスがしたいと思ったら。女はこういう時、一体どうすれば……?

男だったら風俗に行くのだろうと想像する。人知れず路地裏にある店にサラリとイン? または電話をかけて自宅で待機? とにもかくにも数時間後には、金を払って抑えきれぬ欲望をスッキリと解消できるのだろうと予想する。それどころか、店と顧客のあいだで交わされる同意書か何かで、プライバシーまで守ってもらえるの……?

そこまで考えると、あまりの羨ましさにキレそうになった。大学受験でも入社試験でも感じたことのなかったレベルの男女不平等を感じて、ううん、そんな怒り以上に身体の奥があまりのヤリたさにウズウズしていて、私は家族が寝静まった後の真っ暗なリビング――真っ黒なカッシーナのソファの上で悶絶している。

唯一の光を放っているのは、手の中のスマホ。いつものようにこれでエッチなサイトを見ながら一人でしたんじゃ、満たされない。誰にもバレることなく今すぐにセックスがしたい。

あぁ、あまりにも強く願いすぎて、血迷ってツイッターに書き込んでしまいそう。

相手が誰でも良いわけでは決してないけれど、ルックスが良くて口がかたければ……誰でも。

そう、口がとてもかたくて顔と身体が素晴らしければ、もう誰でも……。

——もうダメ、私、相手を探す。

前々から、その選択肢は頭の中にあるにはあった。リスクはもちろんあるが、ツイッターで募集をかけるよりは遥かにマシ。本来なら比較にもならない二択の中から、私はティンダーを選んでいた。

性欲が理性を飛ばすという話は本当なのだと痛感しながら、近くにいる相手とすぐにヤれることに定評のある出会い系アプリをダウンロード。

そう、わけの分からないアクションを起こしている時でも頭の片隅は常に冷静。他人にここまで嫌われることは、後にも先にももうないだろうと思うほど強烈に、憎み倒されたあの事件を起こした時もそうだった。

指がね、ついってやつ。

だけど、そうなるかもしれないってことも分かっていてやった気もしている。でも今回は、それとは別。リスクは全力で回避しながら欲しいものだけもらう予定。

相手をきちんと吟味さえすれば、私なら、今のところはまだ大丈夫だと思っている。春がくれば、もう手遅れだ。今なら、まだギリ、セーフと思うのだ。

とはいえ、顔写真を出すわけにはいかない。だけどたった1枚の写真で男に——この中に潜んでいる何万という輩の中で最もまともな――――ううん、素晴らしくソソる男に――――「会いたい」と思ってもらわねば話にならない。実物以上に美しく写っている顔写真なら腐るほどあるが、それを使わずに男を引き寄せ、最後には必ず落とさねばならない。…………。

想像以上の難易度に、カメラロールをスクロールする指の先にまで力が入る。顔の写りなんて、生まれて初めてどうでも良い。むしろ、写りの良さ故にSNSにはアップ済みの写真には今最も用がない。

デコルテ重視。首筋から胸にかけてのラインが美しく見える一枚を探している。カメラロールは、半年前の夏までぐんぐんと遡る。光を反射したプールの水色がスマホ画面を埋め尽くす。その青が、今の私の目には痛いほど眩しい。

忘れられない。バリのホテル、屋上のプール。SNSにあげるわけにはいかなかった思い出の羅列に、不意に胸が苦しくなる。

センチメンタルに負けてはならない。自分に言い聞かせるようにして、彼が撮ってくれた一枚をタップする。幸せがあふれんばかりの自分の笑顔を真顔で見つめる。…………。

ブルーになっている場合ではない。たったの半年前の自分の幸せを再利用してやろうじゃないか。親指と人さし指をひらいて、自分のデコルテのみを拡大した。

十分に綺麗だ。もういい。これでいく。思い出が密集したカメラロールから逃げ出すようにして一枚を決めたものの、そこにかけるフィルター選びに妥協はしない。ビューティプラスで美肌加工した後で、SNOWへと飛んでコントラスト強めのカラーフィルターを追加。画像保存したところで、この一枚を持っていざ、ティンダーの登録へ。

アプリの四角いアイコン枠に写真を当てはめる。唇、フェイスライン、首筋、胸にかけてほんのりとカーブするところでトリミングしてアップロード。

偽名は、3秒考え、momoにした。

丸いアイコンに映り込んだホルタートップ式のビキニが、黒だったから。

名前の桃は、ほんの差し色ピンク。

プロフィール文は、3分考え、1行にした。知性に自信のない男を排除する目的だ。

嗚呼、なんてシビアなラブゲーム。愛がないからこそ、すべてはルックスとステイタス。あとは、短文から垣間見えるアティチュード？　ここにくる者ならば誰だって、相手選びの基準は、自分の目的最重視。

私の目的は、一発ヤリ目《モク》。

そして、ヤるに値する男には2種類しかいない。

めちゃくちゃに愛している男か、めちゃくちゃにソソる男か。

——今回は、後者。

ハードルはいつだって高く掲げる。これは圧倒的にアンフェアでありながらもフェアなゲーム。何故なら、自ら掲げた高いハードルは常にブーメラン。私自身も、自分のフィルターで厳選しまくった特別な男を、めちゃくちゃに誘惑しなければならないのだ。それも、顔を晒すリスクだけはなにがあっても冒せない絶対条件の中で。――できるのか。分からない。やってみる。


黒ビキニ、デコルテアイコン。

名前はmomo。年齢は28歳。

Got my MBA in Boston, US.

ＯＫ。「登録」の文字を指先でワンタップ！　たった今、作成したばかりの私のページが世の男どものティンダー内に一気に拡散されてゆく。

胸の高鳴りに、私は一人息を呑む。男に飢えてウズく身体は深夜のリビング、ソファの上。ここは参戦したばかりのアプリゲーム。

果たして私は自分に課した目的をクリアできるレベルの女なのか。はじまりを告げるゴングの音が、頭の中で響いている。

「ありえない」「いい加減にして」「どういうことなの」

狭い世界に浸かりすぎて、いつの間にか目が肥えすぎてしまったのか。このアプリユーザーの質が圧倒的に低いのか。それともこれが世の平均なのか。

プロフィールに選ぶトップ画像。それは、狙い撃ちしたい大本命の相手に、唯一といっても過言ではない判断材料にされるもの。オーディションの第一次選考のようなものなのだ、これは。

それなのに、そこに、何故コレを？

登録者たちの神経そのものを疑いながら、スマホ画面に映し出される男たちを次から次へと指で弾く。「NO」を示す左方向へと画面をスワイプし続けている。あまりの嫌悪感から、画面を弾く指先に力が入ってしまう。指紋が1本くらいは消えそうな圧レベルでの高速「左」スワイプ。その速度が上がるとともに、男たちのセンスなき写真がぶっ壊れたメリーゴーラウンドのように視界を駆け巡る。

明らかに不自然なツルッツル美肌加工を、男もするのか……。顔立ちが盛れれば良いというわけではないだろう……。いや、ツル肌フィルターや、うさぎ耳のスノーアプリで自撮りする男に発情する女も、多数存在するという何よりの証拠なのかもしれない。わりと高い頻度で出てくるということは……。

性欲そのものが失せてゆくジレンマとともに、深夜は1時をまわっている。

いや、なにも、他人を馬鹿にしようと思ってここにきたわけではまったくない。その逆だ。真逆だ。腰が砕けるほどエロい男を探しにきた。そうだ、そうだった。それなのに……。本来の目的を見失うほどのカルチャーショックに疲れてきた。が、ここで負けてたまるものか。

登録してまだ1時間も経たないが、このアプリが極めてシンプルなつくりになっていることは理解した。左にスワイプが「ＮＯ」、ハートマークが「いいね！」、超気に入った時に押すのがスターマークで「スーパーいいね！」。目を光らせながらも光の速さで、左へのスワイプを続けるのみ。

深夜は2時を、まわる勢い。目の中でコンタクトが乾いている。指先の指紋も、1本くらいは消えたかも。実在しているのかも不明な男がテキトーに設定した、工事現場に置かれた真っ赤なコーンの写真を私は深夜のリビングで見つめている。

これをプロフ画像にするなんて、やる気もヤル気もないとしか思えない。スワイプする指すら止まる。唖然となる、とはこういうことだ。

私、なに、やってんだろ。

脱力させられた怒りでスマホを床に投げつけようかと思った次の瞬間、トンガリコーンの次に出てきた男に、すべての意識が釘付けになった。

他撮りの笑顔、生粋のイケメン。
名前はShogo。年齢は33。
青山でバーを、経営しています。

光の速さでスターマークの「スーパーいいね！」をタップしそうになった。が、落ち着け自分。まずは心の中で、芽生えた感情を言葉にする。

――――見つけた。私、この男がいい。

念を込めるように、ゆっくりと初めてのハートマークの「いいね！」を押す。と、次の瞬間、いきなりパチンッと画面が切り替わった。

初めての体感に、心臓が飛び跳ねる。

男のアイコンと私のアイコンとがポーンッと宙を舞い、私たちのアイコンが画面の真ん中に並んだ。と、思ったらそこに「It's a Match!」という英文字がパーンと弾けた。まるで、耳元で突然誰かに「おめでとうございます!!」と大声で叫ばれたみたいでビックリした。

カップル誕生を祝福するフラッシュ動画の衝撃に、頭がまったく追いつかない。初めての経験に、脳の神経がビリビリと食らってしまっている。

こ、これがマッチングアプリというものか……。

冷静さを取り戻してもなお、あまりのスピードに気持ちがついていけず、私は特殊な恍惚感の中にいる。スマホ画面はとっくに静止画へと切り替わり、マッチした男とのチャットが可能である旨を伝えてくる。

たった今、私はこのShogoという男に対して、ある種の「生まれて初めて」を使ったのだと気づく。アプリには不慣れだが、この事実なら知っている。


生まれて初めて、はたったの1回。

初めてって、なんて強い刺激なの。


超がつくほどの好感を持ったからこそ「スーパーいいね！」ではなく普通の「いいね！」を押したのとまったく同じ理由から、すぐにチャットに挨拶を打ち込むなんてヘマはしない。その代わりに、男探しスクロールへと戻ることにした。

——あの男、必ず落とす。

アイコンの写真を思い出しながら、決意を新たに。ターゲットが明確になったタスクに、ハートが燃える。ゲームはまだ、始まったばかり。本命とは比較にもならない低レベルの男たちを次々に左スワイプしながらも、頬がにやける。あんないい男が「いいね！」をくれたということは、作成したばかりのアイコンとプロフが成功している何よりの証。

２度目のマッチはすぐにきた。

Yutoという男。さっきとまったく同じフラッシュ動画がスマホの中で躍ったが、心は微塵も揺れなかった。そんな自分の冷静さが改めて、Shogoの「タイプど真ん中のルックス」と「生まれて初めて」の掛け算による破壊力を痛感させる。

「初めまして！　マッチありがとうございます♡♡♡」

１秒も待てずにマッチに食いつくYutoに引いた。こんな深夜にアプリに張り付いていたのだろうか。暇なのか。女に飢えているのか。モテないのだろうか。そもそも、ハートマークを気軽に乱用する男はタイプじゃない。色気がある男は、まずしない。そもそも、その月並みなチャラさが粋ではない。

だからこそ、私は気楽に、即返信。

目には目を、ハートにはハートを。

「こんばんは♡　まだ登録したばかりで不慣れですが、よろしくです♡」

深夜にアプリに張り付く、セックスに飢えすぎた、暇人同士のハート交換。

あまりにもダサすぎて、愉快な気持ちになってくる。サルだ、これ。いや、ハートマークをいれている時点でサル以下だ。アハハ、なにこれ、マジでウケる。

乾いた自虐的な笑いとともにYutoという男と適当にチャットしながらも、本命の男に妄想を馳せている。

マッチはしたものの、顔も出していないデコルテアイコン女に、Shogoはメールなどしてこない。なんて、イケてる……。きっと今頃、腕の中でいい女を悶えさせているのだ。顔を歪める美女を想像すると、抱いている側のShogoの魅力が際立って見える。適度に鍛えられた胸板に、添えられる女の手と、Shogoの肌に光る汗。

あぁ、なんて、エロい……。

自分に都合の良い勝手な妄想をふくらませていると、肩に入っていた力がスゥッと抜けてゆく。

ヤリモクの大本命がShogo。そのための練習台がYuto。二人の男をアプリの中で、とりあえずは手に入れた。不思議な安堵と達成感に心が優しく包まれる中、スマホの青白い光を落とし、やっと私も眠りに入る。


もし、写真からはかけ離れたルックスをした男が登場したら、どうしよう……。ここは、自ら指定した宇田川町のバーカウンター。口から心臓がでそうな勢いで加速する緊張を、押し込むようにビールを喉に流し込んでいる。もう、すぐにでも男はここにやってくる。

怖い。色々と、想像以上に怖くって、もう、吐きそう……。

だって、もし、男が想像以上にイケていたとして。相手側からヤル相手としてのNGを出されたとしたら、そっちのほうが精神的ダメージを引きずりそうだ。とはいえ、初めからそこを一番に考慮して選んだ男がYutoなのだ。

Shogoレベルの男が私の容姿にテンションがアがるかどうかは分からないが、Yutoくらいの男ならきっとアがって頂ける。そんな読み。そう、アイコン写真とプロフィール文から予測したレベル論。だからといって、メイクや服に手を抜いたりはしていない。1ミリも。そりゃあそうだ。勝負なのだから。今夜は、書類審査を通過した、第一次にして唯一の面接審査のようなもの。身なりを完璧に仕上げて家を出た。

ね？　だから大丈夫、そこはきっと大丈夫、と自分をなだめてグラスの中のビールを飲み干す。さらに自分を落ち着かせるために、ここから数時間の目的を脳内復習。

本命を落とすための練習でゲットしたいものは、たったの二つ。私とマッチできてラッキーだったと浮かれる男をこの目で見ることで「女としての自信」に対する「根拠」を頂くこと。そして、この手の出会いに「慣れ」ておくこと。

女としての自信のなさと状況に対する不慣れさは、このゲームでは絶対的に不利となる。自信なさげで不慣れな〝隙〟がモテるというのは、所詮平均レベル以下の男にのみスーパー有効な

〝演技〟の話。

最悪のシナリオは身バレすることだが、顔写真を送っても気づいていなかった時点でそこはセーフと願いたい。Yuto は渋谷勤務の会社員という話で、自称年齢は27。私は momo で、28歳で、アパレル関係の仕事をしているOL設定。

――ならば相手だって、すべては真っ赤な嘘かも分からない。

「店、わかりました」

ラインの交換は嫌だったので、今夜のためにわざわざダウンロードしたカカオトークがメール通知を知らせてくる。

「少し遅れてしまってごめんなさい。入りますねー」

――死ぬ。心臓に負担がかかりすぎるこんな遊びはやっぱり良くないリスク高すぎ今ならまだ引き返――

「こんばんは」

振り返ると、

「momo さん、ですよね？　すぐに分かりました」

スーツ姿のフツメンが立っていた。

眉の細さが気になる、が Yuto の第一印象だった。仕事の関係で上京したばかりだという情報を思い出し、それは事実だろうと隣に腰掛ける男をチラッと見ながら思っていた。眉の形のトレンドは、地方まで情報がいくのに洋服以上に時間がかかるというのが持論である。

「なんか、こういうの緊張しますね……」

適度に照れた感じで自分の声が響いていた。頭の中では眉毛のことを考えているとは、相手は微塵も思わないに違いない。

「ハハ。そうですね。momoさんは、今までアプリで会ったことはないんですか？」

「これは、嘘でもなんでもないんですけれど、初めてです」

「わ。それは嬉しいなぁ」

なにげない会話をしながらも、試合はとっくに幕をあけている。これは特殊なクイズショー。相手が実際の自分の姿を見てどう思ったのかを、互いに言葉や目線や態度から読み取ろうとしている今なのだ。

「あ、これビール？　じゃあ、俺も。同じでいい？　あの、すみません、これと同じものを二つ」

敬語を少しずつ外しながら、相手は私の精神的なパーソナルスペースを縮めにかかる。

「ありがとうございます」

「敬語……。僕たち、年、近くないですか？」

「あ、はい。アハハ、かたいですね、私、すみません」

「いや、よくよく考えたら僕が一つ年下ですよね。敬語頑張ります」

「いえいえ」

Yuto は、私の彼に対する感想を読み取ることに苦戦している。

可もなく不可もなく。

それが最も読みづらい。

運ばれてきたビールを一口飲んだ後で、Yuto は言った。

「お綺麗な方で、正直ビックリしました」

初めてここで、Yuto の目線にキラリとしたものが宿ったことが自分で分かった。ありがとう。ありがとう。それをもらうためにここにきた。「ありがとうございます」。謙遜をしてみせるほど、Yuto は私のタイプではない。「どういたしまして、なのかな?」と笑う Yuto と、もう会うことはないだろう。

今夜2杯目にしてラストのビールが、渇いていた喉にひどく美味しく感じられた。仕事帰りに一杯飲みませんか、と誘ったのは私であり「一杯」は比喩ではないと柔らかい笑顔で伝えると、Yuto は面食らったようだったが意外にもすんなりと了承した。

「超楽しかった！　もしよかったら、今度はゆっくり会えたら嬉しい♡♡」。ありがとう。ありがとう。欲しいものをくれて「ありがとうございます」。性欲で膨らんだハートマークが添えられたタメ口に敬語で答え、第1戦をスーパーショートタイムにて勝利でメる。

「初めまして。momoと申します」

帰りのタクシーの中でメッセージを送信した。マッチから数日経ってもShogoからの連絡は一切ない。私はもちろんそれを、彼自身がイケている証拠とみなした。そこまで素敵であるならば自ら出向こう。そんな所存である。

「仕事関係の知り合いにバレたくなくて、顔出しせずにごめんなさい。写真、送れます」

必死さを悟られないよう、文末にルンルンマーク、すなわち音符の記号を入れてみた。本当は、今すぐに会いたかった。性欲を満たしたいから、というよりは、初対面の男に合格をもらうために完璧に外見を仕上げた状態だったので、このままついでに本命にも会っておきたいというほうが正確だ。それに、4月を過ぎれば、もう会えない。あと2週間のうちにShogoとヤれなければ、その後はもうアプリを使わなかったとしても難しいだろう。恋人と別れて既に半年が経っている。このチャンスを逃したら、もう私は徹底的に男に飢えることになってしまう。

返事がくる前に、家の前に着いてしまった。Shogoのアイコンの下には、1km圏内と書かれている。走って会いに行ける距離にいながらも、まだ出会うことすらできないじれったさにイライラする。

今なにしてます？　サクッとヤりません？

そう送りたい気持ちでいっぱいだったが、ヤリモクの男でさえこんなメッセは送らないだろう。

仕方なく本音は心に留めてアプリを閉じた。

返事がきたのは翌日の昼で、私は会社にいた。社内でアプリを開くことには抵抗があったのでトイレにまで駆け込んでメールを確認したので、目に入った五文字に面食らった。

――「どうも笑笑」

性格が悪そう。Shogo の印象はその一言に尽きた。初めての会話での「笑」のダブル使いは、ハートマーク以上にウザいものがある。が、これまた好都合であると前向きに解釈することにする。抱かれたとしても惚れずに済みそう。だって、なんだよ、どうもって。

さて、このどうにもこうにも私に興味がなさそうな男を、どうやって「会いたい」と思わせるところまで持っていこう。そんなことを真剣に考えながら、上司に呼びだされていた会議室へと向かう。そんな自分は、エリートの仮面をかぶったサルだと思った。

「例の件があってからしばらく様子を見ていたが、そもそもは入社時から君は即戦力としての採用だった。４月からの責任はプライベートに及んで重大になること、心構えはあるよね？」

「もちろんです」

「そうか。良かった。もう決定したことだが、心配の声も上がっているのは分かっているよね？」

「はい。ネットで、ですよね？」

「社内でも、だ。だからこそ、意思を再確認したかった」

「大丈夫です」

本当か。本当に大丈夫なのか。自分が怖いが、そう言う以外に選択肢はない。

私だって自分が即戦力だと自負して入社した。もうすぐそれから10年が経つ。後輩に追い抜かされ続け、悔しい想いをしてきた。というよりも、だからこそ去年あんな事件を起こしてしまった気もしている。

自分の中に溜めに溜め込んだ〝満たされぬ自己顕示欲〟が爆発した結果だった。指が、つい、ね。止まらなかった。止めることができなかった。恋愛よりも、その先にもしかしたらあったかもしれない結婚よりも、私はこのような男をも落とせる女なのだ、と世間に自慢したくってたまらなかった。

結果的には、その事件により自分の仕事もプライベートも大きく後退させたが、実は後悔していない。私の名前は彼の名前とセットで、インターネット上に永遠に残るのだ。そもそも、相手はアイドルだった。結婚できる可能性なんて1パーセントにも満たなかったのだ。

うん。そうよ。だから、これで良い。それに、大幅に遅れはとったが4月からやっと夢にまでみたポジションに就くことが決まっている。得たものはあっても失ったものなど何もない。常に、私の人生はそう進む。理由はまだ自分でも分からない。

いや、ここまで運良く進んでいるとはいえ、だからこその大どんでん返しが今になってきたら、ちょっとヤバい。アプリやめとく？　いやいや、ヤるんだったら、もうギリギリ今の今しかないだろう。ミスキャンパス時代のヤリまくった青春を、忘れることができないのもまた一つの病か。いや、大丈夫。昨夜のYutoも私に気づかなかった。4月になれば、今の百倍面が割れる。

「失礼いたします」

タイムリミットを重く再認識しながら、会議室を後にする。

――――「ラインにしますか？　写真みてみたい笑笑」

返事をしないほうがこの男には効果がある、という私の読みは当たっていた。Shogoから深夜にメッセージがきた。その時私は、アプリをダウンロードした時と同じ黒いカッシーナの上にあぐらをかいて座っていた。既にもうそこから4日が経つ。これ以上は時間も手間もかけられない、と判断した私はすぐに返事を書いてみた。1行だ。ラインのＩＤ。カカオトークはやっていない可能性もあるので、勝負に出るつもりでさらけ出してみた。

アイコンに設定している顔写真を確認すれば、必ずShogoは私に会いたがる。

「アイコン momo さんですか？　美人！笑笑」

ほらね。一語一句、想像通りのリアクションがラインに飛んで来るまでに、たったの5分もからなかった。次に送る内容なら、その5分の間に考えておいた。カップラーメンみたいに3分たったら、送信する。相手にとってそれは、意外な言葉に違いない。

「面倒なことは一切抜きにして、楽しみませんか？　ルックス、とてもタイプです」

すぐに既読がついた。引かれる可能性もあるにはある。一瞬、息を呑んだ。が、流石は「笑」ユーザーだ。ノリが軽いという私の読みは正しかった。1秒も置かずに、私の4日前からの大本命が期待通りの言葉を返してきた。

――――――「いつ会えますか？笑笑」

あぁ、これぞまさに「笑笑」状態。

深夜に一人、高笑いが止まらない。

朝から降り続いていた小雨がぼんやり止んだ、木曜23時。高鳴り続ける胸とは裏腹に、青山には落ち着いた空気が流れている。予定を合わせるのに5日もかかり、遂に待ち合わせの店へと歩いている。人もまばらな裏通りはシンと静かで、雨に濡れたアスファルトを蹴る自分のヒール音のみカツカツと鳴る。が、それ以上に重く耳に響くのは、内側からの、自分の心音。

表参道の交差点で落ち合おうと言われたが、なんとか切り抜けて和食屋の個室へと誘導した。1度だけ会食で訪れたことがあるその店は、男の行きつけであるという。

街中で会うことを避けようとする私が既婚者であることを疑っている様子だったが――それでも構わない、否、そっちのほうがより興奮するとでも言いたげな――終始ライトなノリであった。そのチャラさがまたこちらにもとても都合が良く、会話はすぐに下のほうへと流れ込んだ。

「今どんな格好でライン打ってるの?」「どうされるのが好きなの?」

「触れたい」「触れて」「優しく?」「荒く」

「こう?」「そう」

「もう挿れたい」「早く欲しい」

エロスの中では徹底して「笑」を外す男のギャップにもそそられた。今、どんなに興奮しているか、互いの写真を送り合いながら、まだ顔すら合わせていない私たちは互いで1度イッている。

私たちは、今夜、最後までする約束を交わした上で初めて出会う。

息を吸い込み、立ち止まる。角を曲がれば、暗闇の中に明かりの灯った小さな看板が現れる。

その中に、彼はもういるという。練習しておいて本当に良かった。もし、大本命とのワンチャンを人生のアプリ使用の初回に持ってきていたとしたら、あまりの刺激にこの身は保《も》たなかった。

傘をたたみ、息を殺し、ドアを静かに押し開ける。着物姿の中年女性に、偽名かもしれない相手の苗字を口にする。色素の薄いその女は、目を細めて微笑んでからクルリと背中を見せる。そして、スルスルと、足袋を滑らせるようにして細い通路を女は歩く。一番奥の座敷へと通される。女のやけに白い手が、襖をスーッと開きはじめる。

こんばんは、初めまして、すみませんお待たせしてしまって——すべての定型文は色気を殺す。私は無言で男の前に現れる。

15デニールのストッキングに通した脚を、顔よりも先に見たドストライクな男の顔に、私の視線は釘づけられる。

「ッんあ」

鼻先にうっすら、畳の香り。ああ、なんていやらしい、掘りごたつ。彼の隣に滑り込んだ私の太ももをずっとさすっていた男の指の先が、やっと、やっと、その奥に触れてくれたのはすべての食事が済んだ後だった。

私たちは、互いについての余計な話をするほどセックスについて無知ではなかった。

「デザートまでが、時間をかけた前戯の一部？」と、桜のゼリーを銀色の小さなスプーンで口の中に運ぶ私を、すぐ近くでジッと見つめる男に聞いた程度の会話のみ。

「うん、食べてるあなたを視姦してる」

お願いですから早く触れてください、と畳に額を擦り付けたくなるほどの欲情を、ピンク色のゼリーで飲み込んだ。

「くぁッ」

だからもう、ストッキング越しにこすられるように触れられただけで、パンティがびっしょりと濡れているのが自分でも分かる。

「いつから？　いつからこんなに濡らしてた？」

綺麗な鼻筋を、私の湿った首筋に這わせながら、囁くように聞いてくる。

「いじわる……」

口から言葉があふれると同時に、ストッキングを引き裂かれた。乱暴に、だけど股の部分だけを器用に破いた指を、男はまたスッと私から引き離す。

「出ようか」

「……はい」

なんてエロい男。

黒い財布から黒いカードを取り出す男の、きっと私で濡れている指先を、視界の端にうっとりとらえる。まだキスもしていないのに、男はこうして主従関係を完成させる。

予約に使われていた苗字が本当の名前であることだけ、前菜が運ばれる前に差し出された名刺で理解した。裏にずらりと書かれた店名リストは、男が都内にいくつものバーを経営していることを意味していた。

Shogoが偽名であることをすんなりと明かしながらも、momoの本名は聞こうともしない。目の前で自分の名前をスラスラと漢字でサインしてゆく蔵村裕悟は、横にピタリと添えられた女体の内側にはなんの興味も示さない。その事実に傷つくどころか余計に燃えている私であることを、男に知って欲しい気持ちにもなってくる。

男がホテルの名前をタクシーの運転手に告げるのも待てず、馬乗りになってキスしていたのは私のほうだった。そうだ、今日は雨だった。熱い息の中で互いの舌を絡ませながら、思わず摑んだ男の髪についていた水滴で私はそれを思い出す。男の唇の程よい厚さが、あまりに美味しく口の中に唾液があふれる。目を閉じて男を夢中で味わいながらも、今の状況を俯瞰で見下ろす自分がいる。男が、自分にまたがる私に腕を回して尻を摑んでいる今のこの図を、まぶたの奥で想像してはまた濡れる。

「アァアンッ」

男の指が、引き裂かれたストッキングの隙間から私の中に差し込まれる。ハイアットへと向かうタクシーは信号待ちの停車中。静まり返った車内に、クチュクチュと濡れたあそこが音をたてる。男は指を早めながらも、キスを深めることで私の口を塞いでくれる。それでも、

「……ッんぁ」

殺され残しては車内に漏れる自分の声のあまりの甘さに、脳ミソごとトロトロに溶けてしまいそう。くねらせたくなる腰を、我慢しなくちゃと、思えば思うほどに感じてしまう。

男の腕にもたれかかるようにして、ロビーを歩く。私たちを部屋へと案内する黒服の存在が、エレベーター内に刺激をもたらす。お漏らしをしたことを隠している幼い女の子みたいな心細い気持ちが、一方では女の私を猛烈に喜ばせている。

隣には男の、涼しげな横顔。一泊7万はくだらない部屋へと女を連れ込むことに慣れている、スケベな男の端整な顔立ちにグッとくる。

重たいドアが背中の向こうで閉まると、男は私の愛液がついた指を私の口の中に入れてくる。しゃぶる。男のいいなり。身体が勝手に動いてしまう。しゃぶる。熱を宿しながらも冷たい男の目線が上から私に降り注ぐ。音を立てて、男の指をしゃぶっている自分に興奮する。男の指を付け根までくわえ込み、上目遣いで男を見る。

「たまんねぇ、なにその顔」

素になった男の言葉遣いに、ホンネを感じて私は喜ぶ。思わず指をくわえたまま、フッと小さく笑ってしまう。

男は口から指を引き抜いて、甘い言葉遣いへとシフトする。

「美味しかった？　自分の、そんなに美味しかったの？」

カチャカチャと男がベルトを外す音を聞きながら、私は自分の顎に垂れた唾液をわざとゆっくり拭ってみせる。

「跪《ひざまず》いて」

「はい」

先端が光るほど磨かれている男の黒い靴の前に、伝線したストッキングが無様な自分の膝を揃えて落とす。目の前に弾けるように飛び出してきた男のソレを、宝物にそっと触れるお姫様のような手つきで自分のほうへと引き寄せる。大きい、だなんて素直に言ってはあげない。代わりに、裏から優しくキスをする。舌の先を、根元から先端へと、ゆっくりと這わす。

「……ァッ」

降ってきた短い吐息のほうを見上げると、私を見下ろす男と目が合う。今、男が見ている自分の顔を想像しながら舌をさらに突き出し、横から男のものを舐めている。他の身体のどこのより薄い、膜のような一枚の皮膚に舌をすべらせる。なめらかな舌触りの、熱くて硬いそれを、私は決して口に含むことなくペロペロと舐め尽くす。

根元から這わせた舌が先端までくると、ねっとりとした男の味がいやらしく口の中に広がった。美味しい。「美味しい」声に出して伝えると同時にまぶたがとろりと落ちる。

チュパチュパと、いやらしい音を立てて先っぽを舐め回す私に、男は悶えるような声を漏らす。その音は私を歓ばせ、さらに焦らすようにして舐め続ける。

「……ッ。早く、くわえろよ、ほらッ」

我慢できなくなった男が、自分のソレを手で持って口の中へとねじ込んでくる。一気に奥のほうまで突っ込まれて「ウッ」と喉から声が出る。私が苦しむその音を合図にしたかのように、男は跪く私を壁のほうへと追い詰める。髪を掴み、私の後頭部を壁にグッと押し付ける。

ングッ。グアッ。ウゥッ。

顎を開けて口を差し出した私に、男は容赦なく腰を振りつける。

ウゥグッッ。

奥まで挿し込まれた状態で頭を両手で固定され、息ができない。あまりの苦しさに目尻からは涙が、アソコからはあふれた愛液が、ツーッとしたたり落ちてゆく。今、男の指でここをかき混ぜてもらえたらどんなに気持ちがいいだろう。そんなことを真っ白になってゆく頭で考えている。

息ができない。

グハッ。限界までくる直前でパッと頭を解放されて、反り返るほどに勃《た》っている男のソレが口から飛び出る。ハァ、ハァ、と私は必死で息を吸う。

「こっちおいで」

吸い込んだ空気が喉の変なところに入ってゲホゲホとむせながらも、私は部屋のほうへと入っていった男の靴のかかとを見つめている。その先に広がるのは、広くも細部まで清潔に、とことん洗練されたホテルルーム。ヘナヘナと入り口に座り込んだまま思っている。イラマチオ好きな男に成功者が多い。そんなことを思っている。パンティなんてもう意味をなさないくらいにズブ濡れで、太ももまでぐっしょりと濡れている。

「どうしたの？　歩けない？」

部屋の奥から、男が聞く。その声はとても優しく、だから私はもう歩くことができない振りをしてあげる。

「……抱っこして」

目の前まで迎えにきてくれた男を見上げ、足を開いてペタリと座り込んだまま甘えてみる。

「え、あ、や、アッ!!」

私の目線まで屈《かが》み込むと、男は足のあいだに指を差し込んで、クチュクチュとあそこをかき混ぜはじめる。

「いやらしい音たてちゃって。いつもこんなにエッチなの？」

「ア、アア、ア、アアッ、アンッ」

「1本じゃ物足りない？」

言い終える前に、男はズブリと2本の指を差し入れる。そして、指の第一関節を、私の奥にて少し曲げる。

「や、や、やんッ、ヤァァッ!!」

Gスポット。ソコをきちんと探り当てる男と出会えた幸運に全身が、悲鳴をあげる。ピンポイントをリズミカルに刺激され続け、叫び声が出続ける。電流が体内を一直線に貫通するかのように、天に向かって痺れだす。このまま失神するかも、と思った矢先に私は果てた。

「……感度、最高。いい子だね」

ぐったりと脱力した身体を男の腕が抱き上げる。朦朧とした意識の中で彼の首筋に額をくっつける。ぺたりとしたその感触で自分が汗をかいていることを知る。

「!!」

シワひとつなく整えられた巨大なベッドのど真ん中に、放り投げるように仰向けに倒された。M字に開いた私の脚のあいだに、男の顔がある。和食屋の個室で破られたストッキングが、まるでSM用に計算されて作られた売り物のようにイヤラシイかたちでメチャクチャになっている。

だけど、もっとグチャグチャになっているに違いないアソコを男はジッと見ている。

「すげ、ココ、泡、吹いてるよ?」

「やめて……」

泣きそうな声が出る。

「泡吹くなんて悪い子だね」

そんなエロいこと、

「……言わないで」

もっと言って。

「お仕置きしなきゃね」

そう言って男はまた指を入れる。

「ッ!」

クンニしない男は中途半端な成功で終わる奴が多い。身体を反らせながらも、そんなことを私は思い出している。腕をおろし、男の後頭部をグッと掴んでそのまま自分に押し当ててやった。

理由? アゲマンでいたいから。

ンア、きもちいい……。まんざらでもない様子で、男は舌を奥まで突き刺した。あぁ、あったかい……。

「イヤラシイ味がする」

ピチャピチャと、イヤラシイ音を部屋中に響かせて男は舐める。

「ンッ」

「美味しいよ、ココ、美味しい」

「アンッ」

時間をかけて、男は丁寧に私を舐め尽くす。時々目線をあげてこちらをジッと見つめ、舐めている自分を私に堂々と見せつける。

「あぁ、あああああ、溶けそう。私、溶けちゃいそッ」

男の自信にあふれたキレた目と、男のどこまでも柔らかな舌。そのコントラストの中で私はひたすら登り詰める。

「明日早いから俺は出るけど、泊まってく?」

挿入などセックスのデザートに過ぎない、とでもいうかのように。ものの数分でサクッと腹の上に体液を出して果てた男は、すぐさまシャワーへと向かいながらこちらも向かずに私に尋ねる。

「私も出るよん」

腹の上に精子がかかった状態で、真っ白な天井を見上げながら、弾む声で答える。

「……サッパリ、してるよね」

「アハハ。そうかな?」

だって、セックス、最高だったから。大満足。とても久しぶりに心が曇りなく晴れていて、気分が良い。

「なんか、こっちがビックリするんだけど笑笑」

私の偽名すら一度も呼ぶことなく、男は最後にこちらを振り返って、とても爽やかにはにかんだ。

――きっと、この瞬間を、私はずっと忘れない。

可愛いと、言わざるを得ないその表情が、高級なホテルルームとのミスマッチを生んで脳をカッと引っかいたから。

カードキーをかざすとドアが開く。コンシェルジュの男が、小さく頭を下げるのを視界の端にとらえながらコツコツと歩く。エレベーターが開き、自動で48階のボタンに光が灯る。部屋まで続く薄暗い廊下には、フカフカとした絨毯がしかれている。この足に馴染みのある、ヒールが沈む感覚を得たことで、冒険が無事に終了したことを思い知る。

ホッとした途端に、疲れを感じながらもカードキーをドアノブにかざす。

「遅いぞ！」

ヒッと息を呑む。寝ているとばかり思っていた父親が、玄関で待ち構えていた。

「桜子、お前、ちゃんと分かっているんだろうな？　責任というものを」

「……もちろんです」

目も見ずに答えて、父親の横を通り過ぎる。深いため息が背中の向こうで聞こえた気がする。甘やかしすぎた、と父はいつもぼやいている。が、それは現在進行形。結局、父は私に嫌われることが怖くてそれ以上は何も言えないのだ。溺愛する父親と無関心な母親。二人のスタンスはきっと永遠に変わることはないし、私は私でこれが完成形。

私が実家住まいで、そこはリッツカールトンの48階だと、男が知ることは一生ないだろう。大したことではないけれど、ハイアットでの一泊を熱望するようなその辺の女と、同じ輪ゴムでくくられかけたことは心外であった。

夜の闇と同化したリビングに入り、真っ黒なカッシーナに横になる。男がくれた名刺を取り出し、手の中のスマホで「蔵村裕悟」を即ググる。

グーグル検索画面には、1秒もかからずに男の情報がズラリと並んだ。

子供が3人。下の子はまだ1歳にもなっていない。横顔しか写っていないが彼の妻は、それでも美人であることが見てとれる。夫婦としてのバランスが、良くも悪くも合っているから家族としてまとまっているのだろう。この世によくある一つの形。２０００万には届かぬ程度の年収で、ランダムな浮気を繰り返す顔の良い夫。性格は多少悪くても、今のところは成り立っているのだろう。

いや、分からない。妻の実家の金で店を出している線も濃厚だ。自力で実業家になったと信じるには、男はどうにも顔が良すぎる。そして、ランダムな女である私にまで正体を晒すというところに、多少の「馬鹿」が見てとれる。

まぁ、プラスに考えてあげるとするならば、何一つ隠すつもりがないのだろう。「蔵村裕悟」は、潔く、都合よく、寝れる女のみを求めている。

この実力に、そのルックス。

落とせない女いるだろうか。

そこまで考えたところで、スマホ画面に新着メッセージの通知が入った。

—最高だったよ！笑

また近々会いたい」

悪い男――本人はそう思っているのかもしれない。ただ、私はそうは思わない。画像検索で出てきた、男の昼間の姿を眺めている。あそこまでの性欲を身体の奥に沈めながらも、いつもは社会人然とした外の顔を保ち、彼は彼で彼の人生を懸命に生きているのだと思うと、その哀愁を愛おしく思う。

そして、この男は、とても平均的な仕上がりだ。自由に使える金と、女にモテる容姿があれば、10人中9人は同じように遊ぶだろう。

ラブホでのファックしか知らない女が、男が去った後も一人で高級ホテルに残ってブランド物のアメニティを堪能しながら風呂に入るのと同じこと。10人中9人はそうする計算。つまりは、この男に落ちる女も平均的な仕上がり、極めて平凡な女だけ。

この世界は、似た者同士が引き合うようにとても上手くできている。そして、特別ではない月並みの男を、性欲処理の目的で軽く扱うのは、女の私とてまったく同じ。

落とせない女、いるだろうか。

思ったばかりの言葉に続ける。

私がそれに、なってあげるね。

ティンダーとカカオトークを根っから綺麗に消し去って、最後に男からのラインに既読をつけずにアカウントをブロック削除する。デザートのゼリーの中に入っていた、桜の薄い花びらの感触を口の中で思い出す。

――どうも、ご馳走様でした。

「芯」まで満たされた久しぶりの身体で、心からの感謝とともに眠りに落ちる。
あといくつか寝れば、桜が咲いて春がくる。アイドルとの交際を〝匂わせインスタ〟し続けた重罪を過去に、キー局幹部の父親の有力なコネを武器に、朝の帯番組のメインキャスターの座に私はスルリと滑り込む。

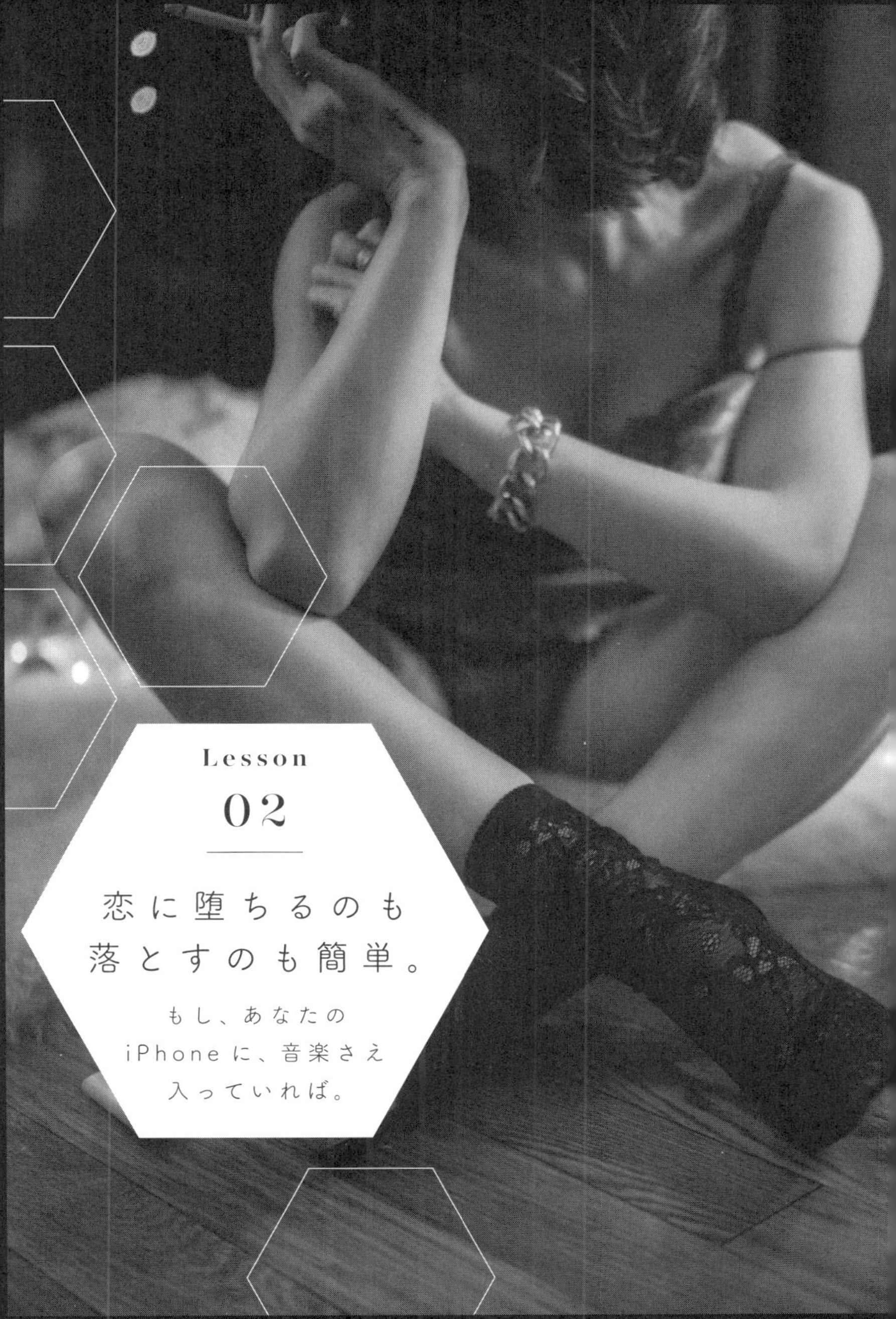

Lesson

02

# 恋に堕ちるのも落とすのも簡単。

もし、あなたの
iPhoneに、音楽さえ
入っていれば。

もし、あの夜にあの曲を、片耳ずつイアフォンなんていうとても青春なやりくちで共に聴かなければ、こんなことにはなっていなかった。だから私は今、音楽という媚薬に心の底から感謝している。

だってずっと、こうなること夢みてた。


「酒、強いって聞いていたから。俺、今夜一緒に飲めるの、楽しみにしていたんですよ」

バーカウンターにひじをついて、白ワインの入ったグラスを手に彼は笑う。しっとりとしたムードを期待している私を、一瞬にして落胆させるくらいの爽やかさをもって、静かに。そして、

「だから、残念だなぁ」

と、今度は語尾から敬語をはずし、スネたような顔を私に向ける。不意打ちにキュンとさせられた。ペースが乱されそうになったけれど、私はきちんと頬に、適度な笑みを浮かべられる。

「あはは。綾瀬くん、ごめんねぇ」

同じ会社の後輩を、くん付けするのは主義じゃない。社内で初めて見かけた時から、私は彼を後輩とはみていない。

私が勤める外資アパレル企業には、ヘッドハンティングされて入ってきたと聞いている。私は

プレスで、彼は営業。入社からたったの数ヶ月だが、彼をつれていくだけで商談がスムーズになるともっぱら評判になっている。

紙より薄い1枚のTシャツに1万円札を3枚だすことに、なんの躊躇もないアパレル業界の人間というのは、美意識のかたまりだ（なかでも私のソレは少し病的で、たとえば今日はいてきた黒いタイトスカートについていえば、そのミディ丈の狂いは1ミリでも許せない）。

彼の造形美は、そんな異常な私たちをもピタリと狂いなく満足させる。

「なにか、理由はあるんですか？　禁酒」

綾瀬くんが、私を見つめる。その目に吸い込まれてしまいそうで視線をそらすと、彼の目線はバーテンダーへとサラリと移り、同じものをとワイングラスを軽くもち上げる。その隙に、彼が座るハイスツールの下に視線を落とす。組んで座る長い脚。細身の黒いパンツがよく似あう。その先にチラリと、彼のくるぶしが見える。丈感《たけかん》も完璧。どうしよう。

彼の視線をまぶたに感じて、目線をあげる。と、彼の顔がとても近くて言葉につまる。けれど私は、それでもきちんとふんわり笑えた。

「うん、今回の禁酒には、願かけしてるから。やぶれないの」

「それは、聞いてはいけない、願いごとですか？」

あぁ、これ……。ルックスとセンスだけではない。この、投げる言葉と表情ひとつで、相手を自分のペースに引き込めるこの才能。

「ん、だめ」

私は少し、甘えるような目線を投げてみる。

「……。そっか」

彼は少し、寂しそうな吐息を口から漏らす。

私たちは、まつ毛とまつ毛を30センチ離した距離で見つめ合う。

「じゃあ、その願いごとが叶うこと、陰ながら祈っときます」

あぁ、もう、失う。器用に自分をつくる余裕を、失う。

あまりの恋心に胸が苦しく、うっかり泣いてしまいそう。なんか、ズルいよ、とキュッと締めつけられ続ける心の中で思ったら、

「なんか、ズルイよ」

と彼の唇がゆっくりうごく。

「俺だけ、ちょっと酔ってきてて、それなのにそちらはシラフで、なんか、いじめられている気すら、してきます」

「……」

こんな甘い台詞を吐く彼の、脈が今、もしもあがっていなかったら、どうしよう。こんなに高鳴ってしまった私は、自分をどうすればよいのだろう。

そんなふうにコドモっぽく溶かされてしまった私は、オトナの意地をここでみせる。骨抜きにされた身体の奥から最後の力をふりしぼるようにして、サラリと髪をかきあげて、

「でも、だいじょうぶだよ。私、脳を酔っぱらった状態に、自分でもできるの」

「じゃあ、今、して?」

彼がじっと私の目を、見つめて言う。

じゃあ、一緒に、なろ?

――――なんて、もし今言えたら素敵だと思ったけれど、声になどならなくて、彼から目線すら外してしまう。

自分の膝の上に置いたクラッチから、iPhoneを取り出した。イアフォンの白いコードが、私がはいているスカートと彼が着ているジャケットの、黒に、よく映える。その先端を指でたぐり寄せて、ほとんど泣きそうな気持ちで彼の顔を見て、右の耳の穴の中にそっとソレを差し込んだ。

「あ、音、で?」

彼にうなずくかわりに、プレイボタンをタップする。

白いコードが、二人の距離を一気に近づけて、

「誰、すか?」

彼の声が近くなる。

「A$AP、好き?」

「Rocky好きです」

嬉し。私がイケてると思うものをこちらから教えることなく共有できていて、すごく嬉し。

「Purple Kissesって曲。知ってる?」

もう、彼は目を閉じて、音の中にいた。

まるで心音みたいな重低音に、ゆっくりと身体を揺らしている。肩を、けだるくゆるく揺らしてビートをとるその姿に、身体の奥がじわりとうずく。

私、知ってる。リズムのとり方が上手な男は、女に乗るのもとてもうまい。指で、唇で、舌で、すべてを使って、どこまでもスムーズに女を揺らす。

カウンターの上の、彼の指先に視線がいってしまう。綺麗なカタチの、爪してる。

「……ヤバイ」

酒と音と、そしてもしかしたら、私にも、酔っているのかもしれない彼が声を漏らす。男の子にとって、ヤバイという単語は、最上級。

「てか、もう、ヤバイ」

敬語が完全に外れた彼が、その視線を、私の目の奥までスゥッと入れる。そんな、鋭いナイフのような線を放つ、彼の瞳の奥は潤んでいる。

「……」

黙ってソコを、見つめ返すことしかできなくなる。

「……一口だけ、ダメですか?」

なにを、と思った次の瞬間には、彼は目の前のグラスに口をつけていて、あ、と思った時にはもう、ワインを口に含んだ彼が顔を、キスの角度で少し斜めに傾けている。

ずっと見つめていたくなるほどキレイなその表情に、目を閉じることなどできなくて。息をすることも忘れていたら、口の中に、あたたかいワインがとろりと流れ込んでくる。その液体がこぼれぬように、そっと、彼の柔らかな唇が、私を塞ぐ、塞ぐ、塞ぐ。

いつのまにか落ちていたまぶたの裏の、世界は黒く、その中をゆっくりと彼の舌が味わうように優しくなでる。

するり、とワインが喉の奥へと流れ落ちて、

「……ッ」

少し、むせてしまった私から、さっと彼が身を引いたら私のイアフォンが抜け落ちた。

「……願いごと、ごめんなさい、弁償します、俺」

突然とてもクリアに聞こえた彼の声に、脳が酔う。どうしよう、嬉しいなんてもう、思う余裕もないほどに、胸が、情けないほど切なくて苦しい。

……ん、だいじょうぶ。って、言おうとしたのだけれど、口の中の粘膜が、甘いワインの味と彼の柔らかな舌を恋しがっていて、思うように声がでない。

だから代わりに、グラスを持った彼の手に、手をそっと伸ばしてみた。彼が、カウンターの上にグラスを置いた。そして、私の手を、そのまま彼の膝の上へと持ってゆく。そこで、指に指を絡めてくる。

私の指を愛でる彼のカタチの良い爪に、視線を落として私は願う。

もう、このまま永遠に、絡み合った指が、離れなければいいのに。

勇気を出して顔をあげると、私たちのまつ毛とまつ毛のあいだに、いやらしい種類の静寂がおとずれて、だからお願い、

――――時よ、止まれ。

そこで、止まれるはずがなかった、私も彼も。

「大好き」。夢中で互いの身体を重ね合っていた時にはどうしても声にできなかった言葉を、私

はひとり、帰宅した玄関に立ったまま彼に送る。

不安になど、ならなかった。駆け引きが必要なのは、火遊びと呼ばれる色恋のみ。男が自分に好意をもっているかどうかは、もうきちんと分かる。アソビとホンキの差を、セックスで嗅ぎ分けることができる程度の経験はつんでいる。

年齢を重ねることの素晴らしさは、ここに集結しているのだと体感する。ずいぶんと長いあいだ欠けていたパズルのピースが、パチリとハマる。とてもとても小さなその音を私は聞き逃さない。その音色に満ちた心が、私を自然と笑顔へ導いてゆく。

半年前に、お酒をやめた。もっと厳密にいえば、酔ったふりをして男をセックスに誘う、というコンサバな手段を自分に禁じた。「特別」を得るためには「平凡」を切り捨てるのが最も有効なのだ。それに気づくまでに、ずいぶんと時間がかかったように思う。

でも、間に合ったような、気がしてる。

ナイトクリームを顔に塗り込み、眠りにつこうとしたその時、ベッドサイドテーブルの上でiPhoneが小さく震えだす。手にとって、その画面を見た瞬間、時がピタリと止まった。

「僕も大好きです」

そのたった一口のワインで彼がやぶった私の誓いを、とてもオトナなやりくちをもって、彼がつぐなう、つぐなう、どこまでもつぐなう。

半年かけて入れ替えた人生の流れが、ついに変わった。止めていた時間が、彼の言葉によってまたあたらしく流れ出す。

iPhoneを思わずきつく抱きしめた。私の頬を、涙がつたう、つたう、どこまでもつたう。

もし、ホテルではなく自宅に招いていたとしたら、彼は今も隣にいたのだろうか。なら、そうすれば良かった……。

もう午後の3時をまわるのに、まだパジャマ姿のままで私はベッドの前にぼうっと立っている。ひとりで過ごす日曜日のあまりの淋しさに、彼を家にあげることを躊躇した昨夜の自分を悔やんでいる。

慣れ切っているはずの気楽な休日に、急に孤独を感じていることに戸惑いながら、ふたつ並んだ枕を眺めている。

淡いエメラルドグリーンのカーテンが透かす光が、枕の白いコットン生地をほんのりと緑に染めている。綺麗。左側の枕に、頭を沈めて私に優しく微笑む孝くんの姿が、ふと思い浮かぶ。

……孝くん。

昨夜初めてしたセックスと、「大好き」という言葉のメール交換をした今朝を経て、すでに苗字から彼の下の名へ。

呼び方を即シフトしていた自分が少し、いや、たまらなく恥ずかしくなった。あまりにも子供っぽい自分に嫌気がさして、

もぉ――、最悪ッ。

ため息にも似た叫び声をあげながら、私はベッドにダイブした。シーツの上にうつ伏せに倒れ込み、右側の枕に思いっきり顔を沈めてみる。そして、息を止める。止める止める、止める。ッ。苦しくなって鼻から息を吸い込むと、枕に染み込んだ自分のシャンプーの香りがした。

少し、苦めのヴァニラ。昨夜、彼が嗅いだのもまさに、この匂い、なのだと思ったら、

「いい、香りですね」

孝くんが言った台詞が、そのまんま彼の声で、脳内に再生された。

「やだっ」

いつもなら一言、ありがとって、余裕の笑みをみせるところなのに、どうにも照れてしまって、髪に鼻を寄せる彼からパッと私は逃げてみせた。

まるで映画を見ているかのように、昨夜のシーンが頭の中で再現される。あえて薄めに、でも

とても丁寧にメイクした顔に、お気に入りの黒いタイトスカートという姿の自分が、完璧な孝くんに全身で欲情されている。

「……俺、もう、もう、我慢できないです」

言い終わるより先に、孝くんの手は私のスカートをたくし上げている。気づくより早く、太もものあいだに彼の手が挟み込まれる。

「ちょ、ちょっと、待って」

突発的に口から漏れた自分の声が、時間差を持ってヴァニラより甘く、私の脳にふわっと響く。記憶の中の女っぽい自分に、今の私が酔ってゆく。

室内の光は、白いカーテンの向こうでぼやける夜景の明かりのみ。ホテル独特の、どこまでも清潔な、あの匂い。巨大なベッドの上に並んで座った、あの夢のようなイントロダクションの記憶が、昨夜のすべてを、もう一度私まで連れてくる。

そして、蘇る。内ももに。彼の手の、強めな圧力が。

すると、映る。脳内に。柔らかい、もも肉に食い込む、彼の指が。

その奥にも触れて欲しいのに、それなのに、彼が開こうとしてくる脚を閉じようと両膝に力を入れる、あまのじゃくな私。そんな女心を見透かしたように、腕に力を入れてくる彼の目が、どんどん男になってゆく。

もものあいだに強引に割り込んできた彼の手は、とても意地悪く、それなのにパンティまで到達した彼の指は、いきなりとても、とても優しい。

スッと、触れたのか触れなかったのかも分からない程度の刺激ひとつで、まずは私の脳が溶けはじめる。撫でるように触れる彼の指が、パンティのシルクの上をツルリと滑る。私の液で濡れている。そう思った瞬間に身体の奥がジワリと火照り出す。

「あぁっ」

たまらずに口から漏れたその声を合図のようにして、彼が薄い生地を脇へと避けた。

「アッ」

中に、彼が指をゆっくりと差し込んで、あっという間に私の身体の奥へとたどりつく。

「ンー、ン、ンンッ、ン、ンー、ンッ」

薄暗く密な空間に混じるのは、不規則なリズムを刻む女の淫らな声と、一定のペースを保つ男の息。

レンジの中のバターのように、情けなく、だらしなく、乱れゆく私の中を、楽しむように彼は指でかき混ぜる。身体の力が、どこまでもだらりと抜けてゆく。

ぐったりと後ろに倒れた私の背中を、彼の胸が受け止めた。隣にいたはずなのに、いったい、いつ私の後ろにまわっていたのだろう。中から指を、抜くことなく、いつ。

そんなことを考えていた私は、気づけば彼の腕の中にすっぽりと捕らえられていた。

あ、指、抜かないで欲しかった……。名残惜しくそう思った次の瞬間、呼吸の仕方も忘れるくらいの急なタイミングで、後ろからギュウッときつく、きつく、とても強い力で抱き締められた。

うっ。

目から込みあげてきた涙が、枕の生地に染みてゆく。

日曜日の、一人暮らしの１ＬＤＫ。11畳のベッドルーム。

私は、ベッドの上で、うつ伏せで、いつもする。

パンティではなくパジャマのズボン越しに、私は自分の指で彼の昨夜の指をまね、そうっとアソコに触れていた。いつもなら、きもちい、と感じたらすぐに腰をくねらせて自分の指にアソコを擦りつける。

あ、彼も同じようなことをした。

涙を滲ませながらも目をギュッと強くつぶり、私はもう一度昨夜の世界へでかけようと試みる。

「孝くん」

隣に彼はいないのに。もしいたら、そう呼ぶ勇気などまだないのに。彼の下の名を声に出して呼んでいる。

彼が私にしたことの順番が、よく、分からなくなった。抱き締められた後に続いたのは、とても長い時間をかけたキスだった。ならば、いつ、彼は、私の身体の上に乗り、パンティごと濡らした私のアソコに膝を押しあてたんだ。まるで、疑似挿入のように腰を振り、私を脚で刺激しながら首筋に舌を這わせてきたあの淫らな行為は、なにとなにのあいだに、おこなわれたこと、だったのだろう。

どうしよう、ダメだ。
また涙が込みあげる。

鮮明に記憶しているようで、ところどころ意識が飛んでいる。昨夜のすべてを、彼のぜんぶを、ひとかけらも残すことなく、覚えていたいセックスだったのに。——そう思ったら、まるで次はないかのように思えてきてしまう。エッチな気持ちで、彼とつくったばかりの甘い思い出で、何度もひとりできもち良くなる予定だったのに。気づけば私は、自分を悦ばせるために使おうと思っていた指を、涙を拭うことに使っている。

「大好き」

ホテルから帰宅したばかりの朝は、まだ彼の余韻が身体の中にジンワリと残っていた。だから、あんなにも自信を持って堂々とメールができたのだ。でも今は、身体から彼がスッカリ抜け落ちてしまった。

午後3時を過ぎて、私はすっかり彼との未来への希望を見失っている。

もう見ないように、あえて画面を伏せてサイドテーブルの上に置いたiPhoneに手を伸ばす。

「僕も大好きです」

彼からのすぐに返ってきた夢のような七文字を、もう何十回も繰り返し読んでいる。だけど、どうしてだろう。あんなにも胸を高鳴らせたこの短文が、読み返すたびに、過去形になってゆく気がしている。

自分からも、このやり取りの後は、なにもメールしていない。それなのに、彼からのメールがこれ以降一文字も入ってこないことが、気になって仕方がない。

今、彼はどこにいるんだろう。何を、しているんだろう。まだ、寝ているのだろうか。いや、誰かと会っているのだろうか。私のことを、考えてなどいないからメールが入ってこないのか。

ううん、私はずっと彼のことばかり考えていて、それだからこそ連絡できずにいるのだから、もしかしたら彼も同じ――わけがない。
朝、確信したばかりの両想いを、もう疑わずにはいられない。時計の針がすすむたびに、どんどん不安が大きくなっていって、胸が、重たくなって息が、

苦しい。


一目見た時から、好きだった。だけど、昨日待ち合わせ場所のバーへ向かう前とは、比べものにならないくらい、深いところまで落ちてしまったことを自覚する。

恋は、ここからが辛いということ。

もう何度も何度も経験し、熟知していたはずなのに、どうしてこんなにもサッパリと忘れてしまっていたのだろう。

後悔している、わけがない。それなのに、ベッドから起き上がり、バスルームでパジャマを脱いで、シャワーを顔から浴びている今も、まだ、涙が止まらない。泣いているというよりも、涙腺が壊れている。

水に近いような透明な液体が、シャワーの音にかき消されながらもサラサラと、目から流れ続けている。一度、シャワーを止めて、両手でミントの香りのシャワージェルを泡立てる。スポン

ジは使わない。自分の肌には手で触れたい。

肩から腕、首、胸、腹、そして、脚のあいだへ。自分の指がヌルリとした感触をとらえると、ここに欲しいものをハッキリと思い出してしまった。

また、もう一度。ううん、もっともっと、何度も何度も繰り返し、これからずっとずっと、私、ここにあなたが欲しい。

とまらなくなる欲望に頭がおかしくなりそうで、慌ててシャワーから水を出す。

ザ――ッ。狭いバスルームに響き渡るのは、まるで雨音。水滴が床を叩きつける哀しいビートに、胸の痛みを刺激される。だから私は、脚のあいだのエロスのぬめりを水に流す。

彼との淫らな思い出を、甘くは利用できなかった。


恋が、本格的に、幕開ける。


もし、思考が現実を引き寄せるというのが本当なら、もう、彼とは終わりだ。

持て余した日曜日をフルに使って考えすぎてしまったせいで、始まって間もない彼との関係が、私の中で終わりはじめた。

彼のことで頭がいっぱいだったので、親友のヒカリからの夕食の誘いも断った。ヒカリに会えば前夜のことを話してしまうにきまっているので、体調がすぐれないと嘘までついた。女友達と一緒になって、彼とのことをほんの少しでも笑い合ってしまえば、記憶の中の大切な夜が損なわれるように思った。たとえ、相手がヒカリであっても、だ。

大人の大恋愛とガールズトークは、油と水。

ダイレンアイ。頭の中で言葉にするだけで、怖じ気づく。彼との記憶を思い返せば返すほどに、大きな恋の予感に満ちている。でも、だからこそ頭を抱えてしまう。

そういう意味では、ヒカリに言った「微熱がある」というのも嘘ではなかった。食欲がないのも本当だ。ありとあらゆる感情が身体の内側で膨れ上がり、今にも皮膚が裂けそうなくらいの状態なのだ。外からの固形物なんて、喉をとおるはずがない。眠りにつくまでにもひどく時間がかかり、寝付けたのは朝方だった。

眠れぬ夜は、人の心を弱らせる。

鏡に映る自分の顔をまっすぐに見つめ、いつもの倍の時間をかけてメイクをしながら、自分に言い聞かせるようにそう思った。

昨夜のネガティブな自分を苦笑できる程度には、朝には気持ちが落ち着いていた。否。嘘。すべてを夜の闇のせいにして、そこまで墜ちた本当の理由を自分の中ではぐらかそうと必死なだけかも分からない。

深夜0時過ぎに、我慢できずに彼に送ってしまった余計な一言を、それほどまでに悔やんでいる。夜のあいだじゅう、何度確認してみても既読がつかなかった私の「おやすみなさい」は、朝の7時である現在もまだ受け取られることなく、iPhoneの中に浮いている。


「おはようございます」

ひじに黒いバーキンをかけた右手にスタバのペーパーカップ、左手にはリフィル分を入れたタンブラー。金曜日の夜に退社した時となにひとつ変わらない表情をつくり、いつもと同じようにオフィスのドアを肩で押し開ける。

抱いたばかりの女からのおやすみを無視したまま、同じ会社に出社する男の神経を疑いながら、負けない気持ちを強く持つ。社内で彼を見かけたら、穏やかな笑みを頬に浮かべてから通り過ぎると心に決めている。

「あ、ありがと。おはよう!」

すぐに駆け寄ってきて内側からドアを支えてくれた後輩の立川美並に笑顔を向けると、

「なんか羽賀さん、今日、肌艶いいですね」

突然、思ってもいなかったことを褒められて、

「え、そんなことないよ」

と即座に否定しながらも、肌の奥を覗き込むような立川の目線にギクリとした。

「むしろ、寝不足でボロボロなのよ」

私の声など聞いていないような立川の目線の先を追うと、スーツ姿の彼がドアを開けて入ってきたところだった。彼にだけは寝不足だと、知られたくなかった。そう思っただけで胸が苦しくなって目線をそらしたが、彼は動揺ひとつ感じさせぬ動きで立川と私に軽く会釈をして歩き出した。彼が所属する営業の部署は、同じフロアの端にある。

突然、振り返った彼の目が、私を見ているので驚いた。

「今、呼びませんでした？」

「いえ、呼んでないけど。え、今、私、呼んだ？」

努めて冷静な声を出したつもりだったが、

「……羽賀さん、どうかされました？」

その、面倒臭そうな目に心臓をえぐられた。

声さえ出ない私を残し、綾瀬くんの背中が去ってゆく。たとえ脳内でも、孝くんなどとはもう絶対に呼べない。そう呼んだ昨夜の自分ごと消したくなる。

「羽賀さん、ここに置いておきますね！」

　立川の声に我に返ると、手に持っていたはずのコーヒーが私のデスクに置かれている。平常心を装いながら、自分の席へと向かう私のメンタルはドン底だった。「好き」だと言い合った日曜の朝まで時を巻き戻したい気持ちと、土曜の夜からのすべての記憶を一瞬で脳から削除したい防衛本能。矛盾した2つで胸が左右に引き裂かれそう。馬鹿みたいに傷ついている自分が、情けなくてたまらない。

　席に着き、ぬるくなったコーヒーを喉の奥に流し込む。クライアントに送らなければならないメールの文章を、考えることで気を紛らわせる。深く息を吐き出しながら目の前のノートパソコンを開くと、そこに挟んであった小さな正方形のメモが視界に入る。

『16：00～16：30　会議室C』

　脈が、一気に速まるのを感じた。ミーティングの予定など、記憶にない。

　会議室の予約を書き込むホワイトボードの前で、私は思わず下唇を噛み締めた。そうしていないと、口もとが自然とゆるんでしまうのだった。

　会議室C。メモと同じ時刻のところに、彼の名前が書かれていた。


「ごめんなさい」

　16時を数分過ぎたところで会議室に入ってきた彼は、後ろ手でドアを閉めてから、朝とはまるで別人のような切ない表情をして私に言った。

メモを見てからこの瞬間を迎えるまで自分の中で持て余し続けた不安定さ――PCに置いた指先が震え出すほどの緊張と、笑顔を隠すためにオフィスから逃げたくなるほどの高揚感のループ――が消えた。

「え？　あ、ううん。同じ会社だし、気づかれないようにするのは当たり前のことだから……」

楕円形のガラステーブルをグルリと囲むチェアの一脚に腰をおろしていた私は、この瞬間を心待ちにしてなどいなかったかのような自然な笑みを浮かべてドアのほうへと歩いていた。

未読スルーされたことなんか、もうどうでも良かった。孝くん、と声に出して呼びたくなった。目の前の年下の男の子は明らかに、私に対して照れている。あの夜の彼が戻ってきてくれたことで、狂いそうだったことがまるで嘘みたいに私は瞬時に自分を取り戻した。そんな自分こそ、壊れているのかもしれない。まだ終わっていなかったという事実ひとつで、私はこうも生き返る。

そう安堵した瞬間、彼の目の色が変わった。

「それに対してじゃないです」

ジッと私の目の奥を突き刺すような視線を向けてきた彼に、身体がビクッと小さく震えた。

「じゃあ、何に対する、ごめん、なの？」

声の裏側にある私の怯《おび》えを逃すことなくとらえたのか、彼の目が男になる。

「俺が、これからすること」

何かを思う間も与えられなかった。強い力で頭に手をまわされて、身体ごと引き寄せられて強引にキスをされた。

一瞬、頭の中が真っ白になって、何が起きているのか分からなかった。舌を口の中に入れてくる彼と自分とのあいだの境界線が乱れる中で、綾瀬孝という男を見失う。この展開を現実のものとして受け入れられず、混乱する。

会議室のドアを内側から彼の背中が押さえているとはいえ、すぐ向こう側には同僚がいると思ったら気が気ではなく、顔を背けて抵抗を試みた。が、彼の手が私の頭を強い力で押し付けていて身動きがとれなくて、

「ッ」

私の唇を唇で封じながらも、瞬きすらせずにジッと至近距離で私を見つめる彼の目を、睨《にら》み付ける。すると、わざといやらしい唾液の音をたてて、彼が舌を絡めてくる。

想像していたような男ではなかったことを、否、彼という人間をまだ自分は知らないのだということを、痛感させられる。

まるで悪夢のような流れの中で、身体の奥が夢のように熱く溶けてゆく。とろりと閉じた私のまぶたを合図のようにして、私の腰にきつく巻き付けていた彼の左腕の力がゆるんだ。と思った

ら、その手がスカートを後ろからゆっくりとたくし上げる。

もう逃げないと判断したのか、私の頭から彼の右手がすっと離れ、

「ね、ねぇ、」

その隙にやっとの想いで唇を離して声を出すと、彼はすぐさま舌を差し込んできて私を黙らせた。

せめて、大通りに面した会議室のガラス窓の、ブラインドを閉めて欲しいとお願いしたかった。だけど、泣きそうな目をした私が、彼を更に欲情させる。彼は私の舌に優しく吸い付きながら、両手では私の尻を弄ぶような手つきで激しく揉みしだく。

脚が、ガクガクと震えてしまう。太ももの内側までびっしょりと濡れているのが、自分で分かる。

どうしよう。混乱と喜びと不安と恐怖、それら正常な感覚の上に、快楽のミツが垂れてゆく。私の中のモラルが溶かされてしまいそうで、頭がおかしくなりかける。綾瀬孝という男に溺れながらも、同時にとてつもない焦りを感じている。

「そんな顔すんなら、泣けよ」

乱暴な命令口調がカンに障り、我に返る。

たかがセックスで、職を失うわけにはいかないのだ。それに、この業界はとても狭い。噂にな

っただけでも、その代償はあまりにも大きすぎる。

「嫌よ」

「なにが嫌？」

「ぜんぶよ。せめて、ブラインドを閉めて、鍵をかけて」

その瞬間、私の身体からパッと手を離した彼が、

「嫌ですよ」

睨むような目線を私に突き刺しながら、敬語に戻る。

「どうして」

「自分ですればいいじゃないですか」

「え、だって」

「そんなに嫌なら、ここでやめておきましょうか？」

意地悪だ。何故だ。あなたは怖くないのか。スリルを優先できる男のすべてを疑いながらも、彼が欲しくて今にも泣き出してしまいそうだ。

私の中の、何かが音を立てて崩れてゆく。

ドアの鍵に腕を伸ばすこともできずに、男の身体の重みを全身に受けている。すべてが押しつぶされていて胸が苦しくてたまらないのに、

もっともっとと、今すぐ呼吸が止まるほどの重みを乞う。

背中ごと床へと溶けてゆき、自分という輪郭を失いそう。


「もし、今、誰かがきたら、どうします？」

後頭部からかかとまで、会議室の床にベタリと押し付けられた状態で、上に乗る男が聞いてくる。ずっと、いいなって、そう思っていた年下の後輩がまた、見知らぬ男のように姿を変える。

「ねぇ、」私の左耳に唇をそっとつけて、囁くような甘い声で、意地の悪い台詞を繰り返す。

「もし、今、」これ以上、乱されて、もっと、感じてしまったら、自分を完全に見失ってしまいそうで怖くなる。彼から逃げるように、身体をよじる。でも、肩甲骨が堅い床に当たっただけで、身動きがとれない。

見た目よりずっと重い男の身体の厚みに、柔らかな肉が押しつぶされて、その内側でドクドクと脈打つ自分の心臓音が聞こえている。

「誰かがきたら、どうします？」

耳の奥に吹き込まれたその声で、また一気に心拍数があがって胸が余計に苦しくなる。

きつく閉じたまぶたの裏側に、さっきまで見上げていた天井が、残像のように白くぼやけている。声さえ出ない私を愉しんでいるのか、ふわっと笑った彼の息が頰にかかる。スリルを感じる余裕など、とっくに失っていることに気づかない彼の唇が、ゆっくりと首筋へと下りてくる。

トクトクと内側で脈打つ血管を、舌の先でなぞるように刺激される。ビクッと震えた肩を、手でグッと押さえつけられた、と思ったら、首の薄い皮膚に吸い付くようにキスをされた。

「ああ」だらしない声を漏らした私の口の中に、入ってきたのが彼の、指だと分かる。私の唾液で濡れた下唇の内側を、指の腹でなぞるように愛撫され、「ぁあ」。思わず声をあげた私に彼が言う。

「人、きちゃいますよ」

それが、どんなにまずいことなのか、分かっているのに。こんなことを仕掛ける彼よりずっと分かっているはずなのに。私はただただ、逃げ場を失った背中と男の身体のあいだで、火照り、溶けゆく身体の奥をどうしようもなく持て余す。無力な女に、成り下がる。

「……早く」溶けゆく下半身に触れて、と願うのに、彼の指はまだ私の唇に触れている。太ももと太もものあいだから膝の裏にかけて、ウソのように濡れている。

「……早く？」聞きながら彼は、私の口の中に挿れた指を深める。頰の裏側の粘膜を、まるでソレに見立てているかのように指先で撫でて弄ぶ。

早く、アソコにもなにかを挿れて、とワガママにうずく自分を、私は抑えきれなくなる。彼の身体の下敷きになった状態で、タイトスカートの布に縛られているような脚を、開こうともがく私に彼が気づく。

「挿れて、って?」愚かな私を嘲笑うように吐き出されたその声に、ショックを受けて目を開けると、

「ッ」真上から私を覗き込んでいた彼の毛先がチクリと右目の眼球に刺さり、

「痛ッ」彼が声をあげ、気づいたら口の中の彼の指に歯を立てていた。

そのまま指に噛み付きながら、頭の神経の一部がクラッとくるような目の鋭い痛みに右目を閉じる。目尻から、熱を持った涙が流れ出る。

早く、触れなさいよ、なにか、指でも、なんでもいいから、早く、挿れなさいよ。

片方しか開かない目で、力弱く、でも必死にそう訴える私を、愛おしそうに見下ろす彼がぼやけて見える。

あの夜と、同じその目に苛立って、指を噛む歯に力が入る。

痛い、はずなのに彼は表情ひとつ変えることなく、とろけたような目線で自分を欲しがる私を包む。またそんなふうに不意をつかれて、身体から、力が抜ける。その隙に、彼は指を口から引き抜いて、代わりに舌を差し込んできた。

深く、でも決して激しくはない濃厚なキスは、そう長くも続かなかった。

「そろそろ、出たほうが良いかもしれません」

火照りに火照った状態で床の上に置き去りにされた私に、立ち上がった彼が上から言った。

まるで、なにごともなかったかのような冷淡な態度に、唖然となると同時に恐怖さえ感じた。

たった数秒前には彼の中にあった欲情の火種のようなものが、すっかり消えていたのだ。

「あ、綾瀬くん」

やっとの思いで、名を呼びながら、自力で身体を起こし、ズリ上がっていたスカートを直し、手ぐしで髪の乱れを整えた。そして、今にもドアに手をかけて会議室を出て行きそうな彼を、もう一度こちらに振り向かせ、正面から切り出した。

「どういうつもりなの？　なにがしたいの？」

「……」きょとんとした表情をした目の前の男は、いつもの綾瀬孝の姿に戻っていて、髪もスーツも革靴の紐ですらも、どこもひとつも乱れてはいない。そんな彼に映っている今の私はきっと、髪もメイクも服もすべてが、馬鹿みたいに乱れている。

そう思ったら、彼に顔を見られていることが耐えられなくなった。

白い床の上に、左右が飛び散るようにして転がっていたルブタンの真っ赤なソールを拾う仕草で、私は彼に背を向ける。羞恥心や怒り、惨めさや敗北感、それらすべてを努めて沈め、オトナっぽい声でもう一度、背後に立つガキに私は聞く。

「別に、怒っているとか、そういうことじゃなくて。ただ、教えて欲しいの。私も、気持ちの置きどころというか、そういうの、ちゃんと分かっておきたいから」

きちんと、冷静に言えたことに満足してパンプスを履くためにしゃがみ込むと、ふくらはぎにあたるスカートの後ろの生地がびっしょりと冷たく濡れていた。

また、彼に負かされているような気持ちになった私に、背後から彼が聞く。

「気持ちの、置きどころ?」

意味が分からない、と即答されたと感じて傷ついた。だからこそ、私はヒールにつま先を滑り込ませて背筋を伸ばし、彼のほうを振り返った。

「大好きって、メールくれたでしょう?」

睨み付けるような目で彼の目の奥を突き刺しながらも、沈黙が怖くて、即続ける。

「信じてもいいの?」

「信じるも、なにも……」

視線を彼から自分のルブタンへと下ろしながら、この最悪な空気に死んでしまいたくなる。セックスのあとで恩着せがましく愛を乞う女、そのものになった自分を、否、ここまで私の女を落とした綾瀬を、殺したいくらい憎いと思う。

「信じる、もなにも、今、ふたりのあいだにあるものだけが、真実じゃないですか?」

淡々とした口調で聞き返してきた彼に、

「どういう意味?」

殺気立った声で返しながらも、目を見ることはできなかった。

「そのままの意味です」

言葉を失った私を残し、彼は会議室を出て行った。


ここにあるものは何だ、と私は聞いたのだ。本当に、綾瀬は馬鹿なんじゃないか。

真っ先に込みあげてきたのは、怒りだった。会議室の目の前の化粧室を素通りし、私はオフィスを飛び出しエレベーターで地上に下りた。

すっかり日の落ちた表参道は人々がさす傘で埋まっていて、そのあいだをかき分け歩いた。いくつもの傘にぶつかってきたというのに、雨が降っていることに気づいたのは駅のほうまで歩いてからで、頭の中は綾瀬への怒りで噴火寸前。

意味が分からない。何がしたいのか、全く理解できない。

綾瀬は、この関係を言葉にする必要などないとでもいいたいのだろうか。それとも、曖昧な関係のままスリルだけを楽しみたいということなのか。でも、そうじゃないことが、分かるのだ。

遊びのセックスで人はあんな目で相手を、見たりしない。

いや、分からない。

誰かに教えて欲しい、とにかく誰かと話がしたい、いや、どちらも違う。当人すら答えの分からないことに対する他人のアドバイスなど、まったく求めていない。ただ、ただ、今私が全身で持て余しているこの感情を、どうにかして外に出したい衝動にかられている。でないと、頭がおかしくなる。

でも、親友のヒカリにさえ、話せない、いや、話したくない。

昨日までは、この恋に対して本気だからこそ、ガールズトークなんかで汚したくないという想いがあった。でも今は、話せない理由が変わった。１８０度、変わってしまった。

これは、大恋愛などではない、と断言されることが読めるから言いたくなくなった。当人である私が自分に大声で叫んでいるのだ。

もう、やめろ。

だからこそ、誰かに話さなくてはならないとまた思う。秘密、みたいなものを彼と共有することに対する恐怖がある。それは、恋を、助長する作用があるからだ。

そう、私が今思っていることは、ひとつ。もう、これ以上綾瀬と関わるのはキケンだと、ほとんど確信していると言っていい。

だって、怖かった。自分が。自分を見失ってゆくことが。たまらなく怖かった。

やはりヒカリに話そうと、交差点の脇の銀行前で足を止める。iPhone画面についた雨の粒を、手で拭う。すると、綾瀬からのライン通知が目に入る。ロック画面に、最初の2行が映し出されている。

「さっきはなんだか、ごめんなさい。会食が終わったら今晩、少し時間があるのですが//」

――ズルイ。そう、思ったら発作的に泣きたくなった。ほっとして、ほんとうに視界が涙でぼやけ出す。そこまで嬉しくなってしまう自分を、私が止める。恋以外のなんでもないこの想いに、至急ブレーキを踏むよう指示を出す。

一方で、「今晩」の続きに期待する気持ちが、胸の中で風船のように大きく膨れあがる。彼が濡らした私の身体は今もそのまま火照っていて、脳内に住み着いた彼の甘い声が、手の中の液晶に映る文章をそのままの音色で読みあげる。

彼が私を、誘う、誘う、果てまで誘うから、私は奥歯に力を入れる。

思い上がるな。

あんなふうに扱った上に、こんな気持ちにさせるなんて、吐き気がするほど生意気だ。

彼の、敬語の謝罪がくれた心の余裕の分だけ、いつもの強気が私に戻る。が、そうやって毒づきながらも、画面をタップしたくて指先がリアルに震える。

冷淡な態度の後の、ごめんなさい。そのズルイプレイで、すべて許せてしまうからこそ許してはいけない。

一度許せば、ガキは阿呆のひとつ覚えのように、同じ駆け引きを繰り返す。

白く光る液晶からやっとの想いで引き離した指で、既読をつけずにラインを閉じて、私はヒカリに電話をかける。雨が、激しさを増してゆく。


「もし、時間が惜しいと思わないなら、いいんじゃない?」

あげた語尾とともにヒカリが持ち上げたグラスの中のワインが、さらりと揺れる。

「まだ若いんでしょう、彼?　しかもリサと同業。なら、まだ頭にないでしょう、結婚とか」

あ、と思った。そして、深紅の液体の表面が、シャンデリアの明かりをキラリと反射するのを見つめながら、私は静かに確信した。大学で知り合って以来、いくつもの互いの恋を私たちのやり方で共有してきたヒカリだけれど、今回ばかりはそれが不可能だということを。

彼女の口からその2文字が出るまで、結婚という制度のことなど頭をよぎったこともなかったのだ。でも、グラスを静かにテーブルへと戻したヒカリの薬指に光るCHAUMETの0・5カラットのダイヤを前に、そんなホンネは喉の奥へと沈んでいった。

負け惜しみのように聞こえるかもしれない、なんて理由からではない。むしろ、胸にしまい込んだ私の感情は、それとは真逆のもの。新婚の親友には、言ってはいけない、ことだと思った。

男と女とでは、一日一日の貴重さがまるで違うと念を押すヒカリは、入籍と同時に休職した。理由は、妊活。病院で仕入れたばかりの妊娠にまつわる情報を、きっと親切心から教えてくれている彼女に対して、心の声が漏れぬよう気を張った。

長所と短所は紙一重だとつくづく思う。就活も、恋愛も、それとは切り離して望んだ婚活も、そして妊活にも、目標に向かって突き進むタイプのヒカリは今、子供を持つことが何よりの幸せだと信じ込んでいる。

「そうなんだ、知らなかった」という台詞を何度か繰り返した後はもう、ヒカリの言葉は頭に入ってこなかった。

乳飲み子に振り回されて髪を振り乱す生活よりも、男に振り回されながら乱れ濡れている日々のほうが、ずっとずっと、私はいいな。

そう思ってしまうのは、人としての道を外れているのかな。でも、女としては、これで合っているような気がするのだから、ナニカがドコカで矛盾する。

向き合って座り、同じボウルに入ったサラダをシェアして食する親友とのあいだに流れる川が、分刻みで水量を増してゆく。セックスと子供ほど直接的に結びついているモノもないのに、どんどん距離が開いていく。

母親になるというアイディアに夢中なヒカリと、男とのセックスを中断されたままの火照りを未だに身体の奥に持て余している私とではまるで、異なる言語を話す別世界の住人だった。

メインディッシュが運ばれてきた頃には、バッグの中のiPhoneを手に取りたい衝動と戦うことに必死だった。一人でいたら、とっくに既読をつけてしまっていた。そう考えると、急な誘いに出て来てくれたヒカリに感謝した。彼女が選んだ白身魚も、私の目の前のミディアムレアに焼かれた肉も、それらについて説明するウェイターも、この時間のすべては、綾瀬からのラインを開かずにいるためだけに用意されたもの。

綾瀬から逃げるために、そして助けを乞うために腕を伸ばしたヒカリに今すぐにでも背を向けて、iPhoneの中の綾瀬に手を伸ばしたがっている自分がいる。

きちんと結婚し、きっともうすぐ母親にもなる彼女が正しいのだとしたら、綾瀬のほうがずっと私に近い人間に思えて、

――会いたい。

発作のような想いとともに、白いナプキンをきちんと置いた太ももの奥がいやらしい熱を持つ。キュッと力を入れるとゾワッと首筋に鳥肌が立って、また、

――――会いたい。

私の中の強烈な欲望に気づくことなく、ナイフで丁寧に魚を切り分けるヒカリを見ていたら、綾瀬がまるで、自分の唯一の共犯者であるかのように思えてきて、気づいた時には手にiPhoneを握りしめていた。

「全然食べてないじゃない」

ナイフを置いたヒカリに、突然スパッと刺すように言われた後の会話は、覚えている。

「リサ、病むなら、やめときな。楽しめるなら、いいけれど」

「病まない程度の恋なら、愉しくもないこと、知ってるくせに」

「あれは恋なんかじゃなかったのよ。背伸びと快楽、金と遊び」

「それはヒカリが後から付けた、タイトルでしょう。渦中の時は、確かに恋をしていたよ」

「私が今、後悔していること、ひとつだけあるの。今迄《まで》の人生でひとつしかない、それ、教えてあげようか」

「ん。いいや、聞かないでおく」

「なによ。言わせてよ」

「想像つくもの。私が言おうか?」

「言ってみ?」

不倫を切りあげるタイミングが数年遅かったことだとズバリ言ったら、ヒカリは肩をすくめて、そして、「嗚呼、うん、当たり」。

「大学の頃から、リサも結婚は興味ないけど子供は欲しいって」「かも、って言った。欲しいかもって。そんなハッキリとは分からないわよ、自分が何を欲しいかなんて」

嘘をついた。目の前の会話に集中することが難しいくらいに、綾瀬が欲しい。

「私は分かる。いつだって分かってる」「ヒカリはそうよ。そこ、尊敬してる、ほんとうに」

本心だけど、ヒカリの性格なんて今はどうでもいい。ラインを開いた途端に浮かび上がった綾瀬の意外な誘いに、心は完全に持っていかれている。表示されていた最初の2行からは、想像もしていなかった文末を、私はヒカリに隠して持ち帰った。

タクシーの中で、運転手に家の場所を告げるより先に返信を打った。深夜0時を、少し過ぎたところで、彼のメッセージが入ってから8時間が経過していた。充分な間隔を空けることができたと満足していたのは、最初の数十分だけで、家に着いた頃にはすぐに返信しなかったことを悔やみすぎて泣きそうだった。何度画面を開いてみても既読がついていないことに、芯から疲労し、私はベッドに身を投げた。

彼に中断されたままの身体から、いつまでも熱が引いてくれない。感じてなどいないかのように、シラフを演じて過ごした半日は、まるでナニカの罰だった。この熱を彼が燃やし尽くしてくれない限り、このまま火照り続けてしまうのだとしたら、私は既に支配されてしまっている。

まぶたが落ちると、世界が黒くなり、口の中にワインの味がふわりと広がった。甘口で、苦みやコクがおとなしい、あの夜の彼みたい。

初めての時の味とともに、今日したキスが舌に蘇る。彼に指で撫でられた唇の裏側を、舌先でなぞる。彼にそうされているように錯覚し、息が荒く、熱くなる。


「やっぱり、やっぱりダメ！」

うつ伏せの状態で、彼に後ろからパンティを膝まで引きずり下ろされたところで、我に返った。が、彼から逃げるように四つん這いになり、鍵をかけようとドアの方に一歩進んだところで、後ろから尻を押さえつけられた。と、思った次の瞬間、「ンッ！」

声をあげた私の口が、後ろから彼の手によって塞がれる。バックから一気に挿入してきた乱暴な行為とは裏腹な、優しい声が耳元でする。

「ゆっくり、するから、だから、静かに」

息が、声とともに耳の中に入り込み、そのまま脳を溶かしてゆく。「声を出すな」と言われている。彼の大きな手の平に塞がれた口から、私はそれでも音を漏らしてしまう。額を床につけた四つん這いの状態で、後ろから、何度も何度も突かれ続けている。意識が、飛びそうになるほどの快楽の波に、ただただ身体を委ねることしかできずにいる。

でも、それでも、イキそうになった彼の問いには、きちんと思い切り顔を横に振った。

「どうして？」

どうしてって、一体どういうつもりなのだ。私の口から手を離し、何故中でイってはいけないのかと真剣に聞いてきた彼に、怒りを感じた。ほとんど泣きそうな気持ちで彼のほうを振り返ると、優しく目尻を下げた彼が、またしても予想していなかった台詞を言う。

「じゃあ、口、あけられますか？」

今まで男のものを飲み込んだことなど一度もなかったのに、気づけば私は大きく口を開き、彼のすべてを身体の中に流し込んでいた。

どろりとした感触も、舌に残る苦みも、なにひとつ嫌だと思わなかった。

「俺は、気にならないタイプですけど、今、キスしたら嫌ですか？」

涙目で首を横に振ると、ごめんね、と優しく謝るかのように唇を寄せてきた彼のこと、今にも愛してしまいそうで、もしかしたら、もう愛しているかもしれなくて、どうしよう。

唇が唇に、触れるか触れないかのところで、心が、どこまでも戸惑った状態で、突然パチリと目が醒めた。

しばらくのあいだ、何が起きたのかも分からなかった、が、顔のすぐ近くにあったiPhoneを見るなり、とろけるような余韻が胸から一気に消え去った。

『さっきは、なんだかごめんなさい。会食が終わったら今晩、少し時間があるのですがキスだけしに30分、会いにいきたいです』

前日の夕方に入った彼のメッセージを読み返す今の時刻は、深夜の3時半。
自分の脳が見せたとは思えないほどいやらしい夢で勝手に濡れた恥ずかしい身体と、小さな既読サインだけが左端についた私の『ごめん、今みた。私も会いたい。キスしたい』の一文が対となり、夜明け前の闇に、再びこうして、置き去られる。

もし、私がまだ20代の頃に出会っていたら、駆け引きし返したかも分からない。
夜に30分だけ、キスをするためにだけに会いに来たいと自らメッセージを送っておきながら、私も同じ気持ちだから会いたいと、キスをしたいと、返信したら無視された。
そんなことって、あるかな。こんな辱められ方、他にあるかな。これはなにかの、罠なのかな。

気づけばまたひとりでベッドに腰掛けながら、数日前の、悲惨とも言えるやり取りで止まったままのライン画面を、眺めている。なにもかもが信じられない気持ちで、快晴の日曜日を、振り出しに戻ったような状態でもう一度丸ごと持て余している。

こんなの、ほとんどイジメに近い。一体どんな神経をしているのか、心から疑う。男として、という以前に、人として。

考えれば考えるほどに怒りが込みあげてくるけれど、その後で襲ってくる恐ろしいほどの空しさに、心をガラリと空洞にされる。もう何度繰り返したか分からないそのループにグッタリと疲労して、凝視していたiPhoneを太ももの上に伏せて置く。でも、またすぐに手にとってしまう。そして、指が勝手に、ライン画面を上へ上へと懲りずにスクロール。

「僕も大好きです」

たった1週間前に、とてもシンプルに始まったはずの恋が、こじれはじめていることにはとっくに気づいている。でも、それ以上にハッキリしてしまっている自分の気持ちを、目に込みあげてきた涙が告げてくる。

なら、もう仕方がないよね。諦めにも近い境地で、心の中で自分に言う。情けなくなるほど熱い涙を頬に流しながら、心で思う。失うものなんて、はじめっから、この心しかないんだもん。なら、と私は静かに決意する。

勇敢な私は前にすすむ。綾瀬がしようとしていることが、もし駆け引きなのだとしたら、私はあえて逆をいく。

どうしたらよいのか、正解が分からなかった数日間を経て、ついに私は腹をくくる。この恋に、正面から、傷つきに行くことを決める。

そう思った途端に指先が軽くなり、そこからスラスラと言葉が流れ出た。

「弱虫だね。そうやって人の心を乱すことでしか、自分が優位に立つ方法を知らないのかな」

なんの演技も、してあげないことに決めたのだ。演技とは時に、思いやり。相手が気づいて欲しくなさそうなことを見抜き、そこから目を、自然に見えるような仕草できちんとそらしてあげる。それは人付き合いの大切な作法ともいえる。

だけど今回は、私を傷つけることに躊躇のない相手なのだ。

ならば私も、そういった種類のオトナな気遣いを、一切放棄させて頂くことにする。返信などはなから期待せず、一方的にホンネを送りつけるのだ。

「あなたからは、ひどく幼稚な印象を受ける」

もう一文、追加で送信してから iPhone を伏せると、それまで混乱の一色だった心がウソみたいにスッとした。

なにも、傷つけ返すために言葉を打ったわけじゃない。ただ率直な感想をストレートに送ったただけで、そこに計算などはない。でも、送信ボタンをタップした直後に胸に湧いて出た意地の悪い気持ちは、傷つけられた分だけ愉快で、そして快感だった。

伏せてから1分も経たずにiPhoneが鳴った。綾瀬がすぐに返事をしてきた事実に、驚いたはずなのに、同時にこうなることを分かっていたような、よく分からない不思議な感覚に襲われた。が、まったくの想定外だったのは、その内容だった。

「お言葉ですが、僕はただ、会いたいと思った時に返事がなかったので、タイミングが合わなかったことを理解して帰宅した。それ以上のことでも、それ以下のことでもありません。」

顔面を殴られたかのような恥ずかしさと、怒りとでカッと火照った感情のまま、一気に返事を打ち込んだ。

「そんなにも冷静なら、あなたがしたことがとても失礼だってことは理解していないの？」

すぐに既読がついた、そう思った次の瞬間、目の前のライン画面が切り替わる。綾瀬から電話がかかってきているということに気づくのに、数秒かかる。たったそれだけのことで、心臓がバクバクと音を立てて脈打っている。

表示されている左の赤い丸と右の緑の丸、どちらが通話ボタンなのか混乱する自分をなんとか律しながら、震える指で緑に触れて、表面の薄いガラスを耳にあてる。

「暇ですか？」中から、綾瀬の冷たい声がする。

「……どういう意味？」緊張しているからか、怒っているような声になった。

「言葉の裏を読むのやめてください。今、お時間ありますか？　という意味です」

　オレンジ色の夕日に包まれた自分の部屋の中に、綾瀬がいることが不思議でならなかった。ベッドの上で、ゆっくりと服を脱がされていく自分を、天井から見下ろしているような気分でいる。彼のペースに巻き込まれたこと、馬鹿だから嬉しく思っている。けれどそれと同時に、深まる混乱。彼が何を考えているのかが、まったく摑めない。

「……綾瀬、くん」

　部屋着として着ているシャツのボタンを、上から順に外していく彼の右手に、手を重ねる。指を止め、目線をあげた彼をまっすぐ見つめて、聞きたいことを私は聞く。

「私の、どこが好きなの？」

　すると彼は、私の質問が意外だったというようにフッと笑って、はぐらかすように目をそらす。

「教えて」逃がさない、というように彼の目を見て言うと、

「好きだという、前提なんですね」

　冷たいこと言うわりには嬉しそうに下唇を嚙み締めて、照れたように顔を斜めにかたむける。そして、斜め下の角度から流し目で、私をそっと見あげてくる。

「だって」

思わず言いかけて、やめた。大好きだと言ってくれたあのメッセージをもう一度引き合いに出すのは、それこそひどく幼稚に思えたから。すると、喉まで出かかったところで止めた私の言葉を、優しく受け止めるかのように彼が、首筋に口づける。

ゾワッとする感覚とともに、一瞬息ができなくなる。

「ッ」

優しく這うように、首筋をゆっくりとのぼってきた彼の唇が、左の耳たぶの上でピタリと止まる。ふいに包まれた彼の口の中のあたたかさに、ザッと腕の皮膚が鳥肌をたてる。

耳の薄い肉に軽く歯を立てたり、舌をあてたりされながら、力が抜けていった私の身体を、自分の身体の下敷きにするようにしてベッドの上に押し倒す。

「触って」

耳に押しあてられた唇から彼の声がする。彼の手で手を掴まれて、そこへと誘導される。パンツの生地越しにもカタチまで分かるほど、硬く大きくなっている。

指先に伝わる、彼の私への欲情に、おかしくなりそうなくらい興奮した。

上に乗る彼を押し上げるようにして上半身を起こし、気づけば必死になって彼のベルトを外している。

手の平で包むように生身の彼に優しく触れると、

「う」

一言漏らした彼の舌が、耳の中へと入ってくる。その音を聞いたら、もう1秒も待てなくなった。じらすような愛撫を続けようとする彼の唇から逃げ出して顔を沈め、口の中を隙間無く彼で満たす。熱く、太いそれが、口の中の粘膜をいやらしく刺激する。先端が、喉の奥に触れそうになるくらい深いところまで顔を沈めてから、ゆっくりと戻して、舌先で味わうように先っぽを舐めると、

「ううッ」

頭の上からかわいい声がふってきて、同時に男の味が口の中にジワリと広がった。私の頭に軽く触れていた彼の手に、力が入ってゆくのが分かる。

「ッ！」彼の指に髪をグッと掴まれたその瞬間、自分の身体の奥が溶けたのを感じた。あまり好きではなかったこの行為に、こんなにも夢中になったのは初めてだった。彼を勃《た》たせているのは性欲なのか、愛欲なのか。1ミリの演技もしないことで確かめたいと、強い気持ちでそう思っていたはずなのに、演じるための余裕などどこにも残ってはいなかった。

「しゃぶっただけで、こんなに濡れるんだ」

私に触れて、彼が言う。自分の指についた私の愛液を、味わうように舐めながら意地の悪い目

をして私をじらす。そうやって中まで触れずに私を濡らしてゆく過程を、楽しんでいるかのように目だけで笑う。

「……挿れて」

たまらずに言った私を無視して、彼は自分のペースでことを続ける。……お願い。声にならない想いを目で訴えるが、無視される。表面だけ撫でて愛液をつけた自分の指を舐めるだけで、中にはなにも挿れてくれない。

もう、頼むことすらできずに頭が真っ白になってゆく。泣きそうになった私の顔を見て、

「可愛いね。おいで」

彼が本当にそう言ったのかどうかもよく分からなかった。でも、そう聞こえたような気がした時には、彼の身体に押し潰されていた。

音にもならない私の喘ぎが、彼のキスにかき消される。

どうしようもなく恋をして麻痺した頭がそうさせるのか、彼も同じように私に堕ちているという確信しか、抱けない。

「好き」

唇が離れた隙に、心が声になってこぼれ落ちた。キスがやみ、その一瞬の静寂が、すべては私の誤解なのかもしれないという怖さをまた連れ戻す。

「馬鹿みたいでしょ？　だけど大好き」

私は彼の目から視線を離すことなく、想いをしっかりともう一度声にした。


もし、愛してるという言葉で終わる恋があるのなら、そんなもの、欲しくなかった。

うちからの帰り道に事故にでもあったのか、またはなんらかの事件に巻き込まれたのか。フツウなら、そう考える。綾瀬の態度の変化はそれくらい突然で、きっかけや理由そのものが不明だった。1ヶ月が経つ。心の距離が限界まで近づいたように感じたセックスを最後に、パタリと連絡がとれなくなってから。

遊園地の中で迷子になった子供のように、大声で泣きわめきたくなった夜もあれば、考えすぎた結果として悟りをひらいた僧侶のように、無になった朝もある。その都度伝えたい想いを言葉にして送ったが、なにをどうメッセージにしてみても、既読にすらならない。

それでも出社すれば、まるで何事もなかったかのように、綾瀬孝はそこにサラリと存在しているのだった。浴びせたい言葉も、聞きたいことも、燃えるような感情とともに山ほどあって、胸の中に押し込めていることに限界を感じた。社内の誰にも心の内を話せないことも、ジリジリと胸を焦がしゆく火に油をかけた。正気を保つために、何度もトイレに駆け込んで乱れた呼吸を整えなければならなかった。

「忘れな」ヒカリはひとこと、そう言った。

「前にすすみたくても、答えを知らなきゃ、区切れない」

「連絡が途絶えたこと。それが彼の答えでしょう」

「言葉が欲しい。理由が欲しい。納得させて欲しい。じゃなきゃ――」

「リサ、駄々をこねている子供みたい。恋が終わる瞬間に、言葉も理由もないでしょう」

「……ん」という一音で誤魔化した後でため息となって口から漏れたのは、ヒカリにも言えない、泣けない理由。


――僕も大好きです。


たったの一度、彼が過去にくれたメッセージを、未だにどうしても嘘だと思えない。過去といっても、正確にはあれから1ヶ月と1週間しか経っていないし、最後にセックスした時の彼のあの目は、私を見つめていて、そこには確かにある種の感情が含まれていた。

いくら恋に脳を冒された状態だったとはいえ、目線を読み間違えたりするほど、経験がないわけじゃない。でも、そんなことを口に出して人に言えば、あり得ないほどに自意識過剰な勘違い女だと思われてしまうに違いない。

否、分からない。実際に、私の頭がおかしいのかも分からない。

綾瀬孝のニューヨーク本社への転勤が発表されたのは、遂に目覚めのコーヒーすら喉をとおらなくなった朝だった。一瞬、呼吸が止まるほどの衝撃を受けた。朝礼で皆の前に立ち、簡素な挨拶をする綾瀬の目をどんなにジッと見つめてみても、彼はこちらに視線を向けることすらしなかった。それなのに、デスクにひとり戻った頃には綾瀬が海外に行ってしまう衝撃よりも、連絡が途絶えたことへのヒントを得た興奮のほうが大きくなっていて、また、すべてを意地でもポジティブに受け取ろうとしている自分自身が怖くなったその時――、机の上の iPhone が揺れた。画面に表示された綾瀬の名と、たった数秒間の振動に、ギリギリのところで命を救われた。大袈裟なんかではなく、そう思った。

深夜の空港に、スーツケースを持たずに来るのは初めてで、胸がザワザワする。各航空会社のチェックインゲートが垂直に仕切りを入れる巨大な空間に、人の姿はまばら。どこまでも白く無機質なフロアを足早に歩く。ヒールの音がカツカツと響き、体内でバクバクしている心臓も、そこに重なり加速する。

出発日と便名のみが書かれたメールを〝見送りに来て欲しい〟と解釈したのは正しかったのか、

ソファに腰掛けている綾瀬を見つけた今になって、不安になる。

でも、どうせ30分後には海の彼方にサヨナラなのだ。ならば、今更恐れることなど何もないように思えて、「綾瀬くん」

とても自然に呼びかけることができた。あんなふうに乱れながらも、彼を失ったという事実は既に受け入れていたのかもしれない。それなのに、「……来てくれるとは、思っていなかった」

顔を上げた綾瀬が一瞬、泣きそうな表情をしたことに不意に胸を打たれてしまった。でもだからこそ、初めてふたりで飲んだ夜のように、私は必死にオトナを演じて微笑んで、手持ち無沙汰な指で髪をかき上げる。

「のこのこここまで見送りにきた私は、馬鹿なのかも」

「来い、なんて、言えないですよ……」

上目遣いでこちらを見あげながら、小さな声で、綾瀬が言う。

「どうして？　来て欲しいと直接言わずに呼び出すほうが、ずっと卑怯よ」

目を見て、その奥を突き刺すように言わずにはいられなかった。綾瀬は私から逃げるように視線をそらし、間を置いてから、口を開く。

「責任を持てない言葉を、使うことに強い抵抗があるんです。もちろん、それがズルイことは分かっていて。だからこそ、こうして来て下さったこと、感謝します……」

どうして今更、そんなことが言えるの。ズルすぎるよ。

そんなホンネを声に出したら涙が出てしまいそうだったので、先輩という立ち位置まで自らを急いで駆けあがらせる。

「ニューヨークでも、頑張ってね！　寂しくなるよ……」

「……俺は、常に一定というか。むしろ寂しくない状態が、よく分からないし、東京でもニューヨークでもそこは何も変わらない」

私という存在は、いてもいなくても同じ。そう言われたように感じた。努めて明るい声を出した私の精一杯の優しさにすら、綾瀬はまったく気づいていない。わざわざここまで来た自分が恥ずかしくなってきて、最後の最後までそんな気持ちにさせる綾瀬が憎くて、「なに、それ」怒りに震える唇を噛み締める。

「なに、と言われても困る。寂しいとか寂しくないとか、ふたつに分けられる感情なのかな？人はやっぱり、どこかで言葉に頼りすぎる……」

今迄沈めてきた怒りが、私の中で爆発した。

「じゃあ、なんで私を呼んだの!?」私はほとんど叫んでいて、

「理由とか、いりますか？」

パンッと乾いた音がして、綾瀬の頬を引っ叩《ぱた》いたことに気づいた時には右手を綾瀬に摑まれて

いた。

「放してよっ！　理由、いるに決まってるじゃない!!」

綾瀬の手を振り払おうとすると、強い力で腕をグッと一気に引き寄せられた。

「最後にどうしても、会いたかったから」

鼻と鼻が擦りそうなその距離で、澄んだ目でまっすぐに見つめられて、苦しそうな声で、そう言われた。

キチガイだ、この人は。今になってハッキリと悟りながらも、それでも目頭を熱くしている私もまた、キをチガえているのかもしれない。

この、目を、その、言葉を、私が今日までどんな想いで、求めていたことか。溶けるようにまぶたが落ちると、キスされた。勘違いなんかじゃなかったという安堵の涙が、目からあふれて止まらない。

指に感じる手のごつさと、唇に触れる唇の柔らかさに、力が抜ける。

どうしようもなく負けているけれど、嬉しくて、深夜の空港のロビーで、深まるキスを受け入れる。きっとこれが最後になる。そう思えば思うほど、止めることができなくなって、もう少し、もう少しだけもっと、と欲しくなる。

今味わっている温もりがもう既に恋しくて、したくなる。彼のキスが、唇から首筋へと、這うように下りてくる。「……待ってッ」

ロビーから死角になるトイレ前の壁に、背中を押し付けられている。

「したくないの？　俺は、したくてたまらない」

彼の声が、荒くなった息とともに耳にかかる。

「こんなところで、やめて。そんなつもりで、きたわけじゃない。ッ！」

スカートに下から手を入れて、タイツ越しにスッとアソコを撫でられた。

「分かりました。しないから」

「…ぅッ」彼の指が一番敏感なところを刺激して、

「ここに、キスさせて」

「ッ‼」私の足元まで屈《かが》んだ彼が、下からスカートをたくし上げ、股の部分に両手をかけてビリッと一気にタイツを破く。周りを気にして怯える私を、意地の悪い目で見上げながら、指でそっとパンティをズらす。「……んン」

濡れた粘膜が彼の口のあたたかさに包まれて、割れ目に舌が入ってくる。脚がガクガクと震え出し、声を漏らさぬように私は自分の指を噛んでこらえる。無我夢中で舐め続ける彼の頭に手を置いて、なんとか立っているような状態なのに、彼の細い髪のこの感触をずっと覚えていたいと同時に思う。

「もう、行って。遅れちゃう」彼のフライト名が入った2度目のアナウンスに、ズリ上げられたスカートを自分で直しながら、その中にいる彼にもうやめるよう促した。

顔を上げ、口元を拭ってから、じゃあ、と言うように目配せをした彼を見たら、たまらなく寂しくなった。思わず顔を、両手で包み、最後の言葉を乞うように聞いた。

「サヨナラも、言えないの？」「それもまた無責任な言葉です」

ゲートへと走ってゆく彼の背中を眺めながら、今とまったく同じようなことを思った時に彼に言われたセリフを、あえて過去形で思い出す。

「信じる、もなにも、ふたりのあいだにあったものだけが、真実じゃないですか？」


お酒やめなきゃ、と向かいの席に座る、ヒカリが笑う。

「赤ちゃん、できたの……」

ずっとせき止めていたものが外れて、涙がとめどなく目からあふれ出た。親友に宿った新しいイノチが嬉しいのか、恋を失ったことが悲しいのか、どちらなのかも、両方なのかも、どちらでもないのかも、理由などもう分からない。とても激しく私は泣いて、釣られるようにしてヒカリもボロボロと目から涙を流している。

ヒカリとは腐れ縁だと、言葉にはせずに私は思う。親友が求めていたものも、私が欲していたものも、カタチこそ違えど同じものだったのだ。――そして願いは、果たされた。

誰かと、底抜けに求め合いたいと強烈に願う、己の勝手な、でもとても本能的なエゴイズム。

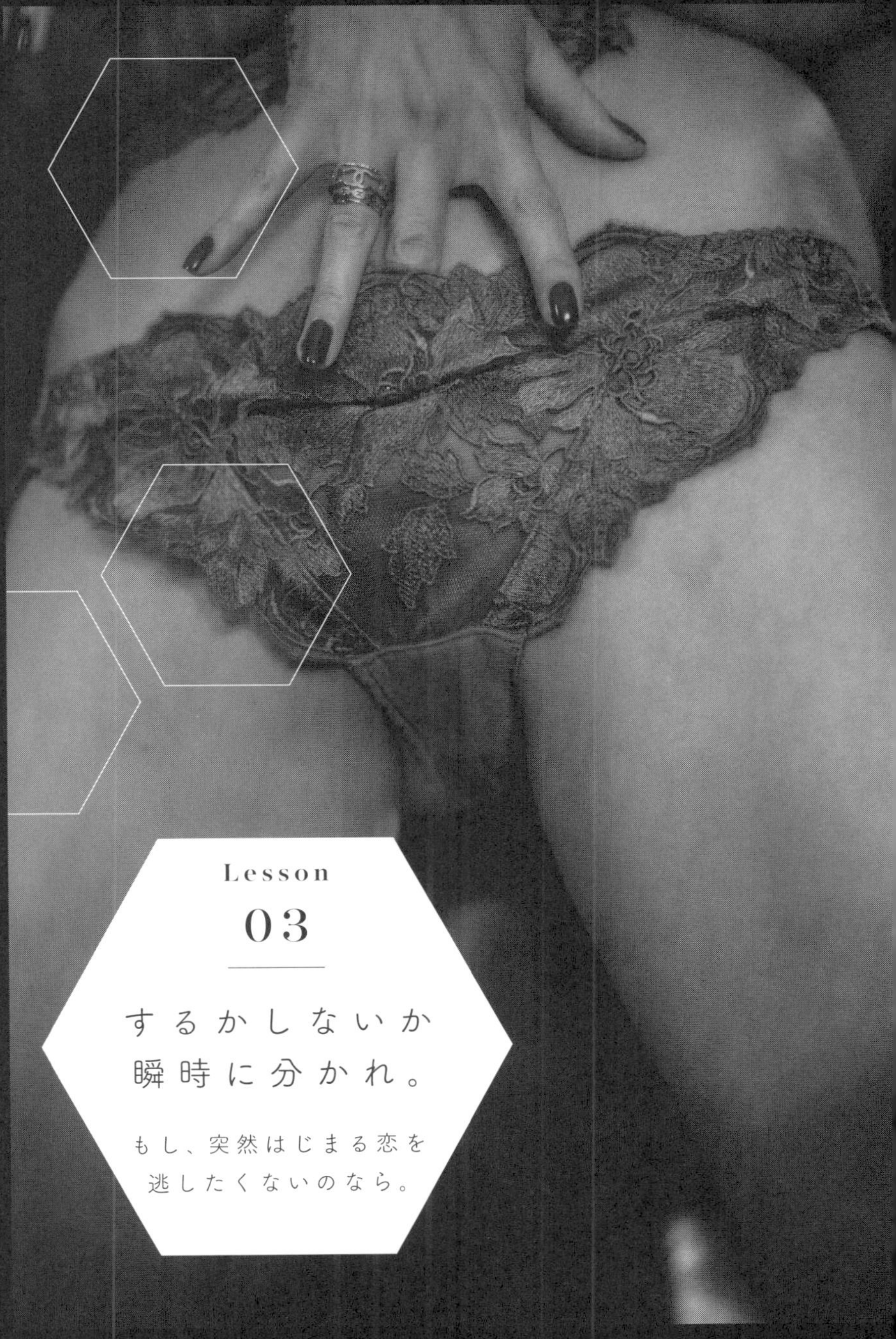

# Lesson 03

## するかしないか瞬時に分かれ。

もし、突然はじまる恋を逃したくないのなら。

もし、明け方にただなんとなく、指がいつもの癖でインスタグラムした次の瞬間、10年前に知り合った男の子から突然コメントが入ったら、まずどうする？

「いちいち刺さる」という言葉がそれで、写真は私のベッドで眠る愛猫の寝顔。仕事を終えたら朝になっていた、という短い文章と、部屋に流している音楽をハッシュタグで添えただけの、私のいつもの簡素なポスト。

猫か、音か、私の仕事か。どこに、刺さってくれたのか。

考えながら、まずはキッチンに珈琲《コーヒー》を淹れに向かった。ほんとうは彼のページにすぐに飛んで、10年前で止まっている彼の印象を更新したかったけれど、濃い珈琲が先と思った。

いちいち、ということは、これまでも私の投稿にナニカを感じてくれていた、ということなのか……。

「あっ！」

iPhoneを握りしめたまま袋を開けようとしたら、珈琲豆を床にばらまいてしまった。私の声に驚いたジジが、ベッドの上でピョンッと飛び跳ねる。

「猫、好きなの？」

「いや、俺は犬派」

豆が飛び散った床にしゃがみ込みながら彼にDMを送った20時間後、日付をまたいだ深夜1時。10年間疎遠だった男が、私の隣に座っている。

「猫に刺さったと、思ったんだね、俺が」

考えていたことを言葉にされてしまって、少し、調子が狂う。オーナーだという外国人の男が、MOËTのボトルを手に彼に挨拶しにやってくる。前を何度も通ったことがある場所なのに、ここがクラブだったとは思いもしなかった。

「あとで、踊る？　俺んなかの10年前ラストの記憶は、踊ってるミミちゃん」

グラスに注がれたシャンパンを、まるでショットのようにグイッと飲み干した彼が、私のニックネームをサラリと呼ぶ。

「ん、そだね、踊りたいかな」

フロアの爆音がBGM程度のヴォリュームにまで薄れるこのVIPルームは、貸し切りだった。向かいには、親友のエレナと彼のツレ。

今朝DMで、「久しぶりだね」という野暮な挨拶をあえて送った。するとすぐに、「会いたい」と返ってきたので、「じゃあ夜中に2：2で会っちゃおうか」と二人きりで会うことは避けつつも男女の匂いは消さないでおく、という少しチャラめな手口を使ってみたのだけど――。

再会からたったの数分、彼の左腕にギュウッと肩を丸ごと抱かれている。その程度のことで照れるほどこちらも初心《うぶ》ではないけれど、遊び慣れすぎた彼の手は、私の上の上をゆく。

スカートを、太ももまでグイッとたくし上げ、

「こっちのほうが、俺のアングルから見栄えいいから。こうしてて」

太ももを撫でるように触れる彼の手を摑みながら、ちょっと、やめてよぉ、と半分はわざと甘い声を出しながら、すぐ右にいる彼を見る。10年前にとびっきり可愛かった男の子の面影を残した、35歳の男の目がそこにある。

前より、遥かに、遥かに、ソソる。

店の前での再会からここに入って、シャンパンは2杯目。10分程度の時間が経って、初めて目を合わせたその瞬間、互いに引き寄せられるようにして、私たちはどちらからともなくキスをした。

唇で感じたその柔らかさに、顔を少し離し、目を細めて彼をもう一度見た。むせてしまいそうなほどに濃厚な色気をつくり出した、私の知らない彼の10年——。

「なに？　じらしてんの？」

意地悪な口調で、でも甘い声で、彼が言う。

「ん。違くて、今」

あなたの10年を想像してみたいと思ったと言おうとしたのにその前に、彼の両手に顔を包まれ

て、もう一度チュッとキスされた。

「なにこのエロいふたりぃ」

向かいの席からキスを見ていたエレナがクスクス笑う。

「お似合いだよ、放っとこうよ」

美しいエレナに目尻を下げっ放しの男が言う。彼はきちんと見栄えの良い男を連れてきた。エレナもまんざらでもなさそうに微笑みながら、細いタバコに火をつけている。

テーブルの下でスカートの中へと伸ばす彼の手を、押しのけていた私の手を、彼がギュッと繋いでくる。そして、

「俺たち今夜セックスするよ」

指を絡めて、目を見て、私にだけ聞こえる声で、彼が言う。

「そ、それはしないよ」

もう、私は完全に負けている。

「するよ」

真顔でハッキリと、彼が言う。

「……ん。挿れるのはヤだな」

「どうして？」

まるで、世の不思議を見つけた子供のような目をして彼が聞く。

「どうして、って。そんな、会ってすぐに最後までするのが当たり前のような日常を、送ってるの？」

「そう、だね。好きだし、セックス。ダメなの？」

「ダメじゃないけど。むしろ、そんなふうに生きられたら、いいなって思うくらいだけど」

「なら、なんで？　大好きでしょセックス、ミミちゃんも」

「……うん、それはそう。でも、」

なんだろうね。モラルかな。女だからかな。自分に問いかけてみたけれど、

「分からないな。でも、挿れるのはイヤ」

じらしているわけでも、駆け引きをしているわけでもなく、彼のまっすぐさに釣られるようにして本心を伝えたら、

「しばらくずっとしてないから、怖いの？」

その奥にある理由を見破られた。

トキメキの類いのソレよりもずっと重たく、胸がドクンと鳴った。すべてを見透かしてきそうな彼から逃げるように目線をそらし、グラスに残ったシャンパンを一気に飲んで、それから認めた。

「うん。そうだよ」

「ふぅん。じゃあ、いいよ。舐めてあげる」

「……え?」

「イけばいいよ、ミミちゃんだけ。俺がしてあげる」

顔色ひとつ変えることなくサラリと言った彼にびっくりして、シャンパンを吹き出しそうになった。

「私、可愛いコだとばかり思って、甘くみすぎていたかも」

「可愛いのは、顔だけだぜ。甘くみんなよ、あんまり俺を」

福田レン。確か同じ歳。10年前に知り合った場は、ジュエリーブランド主催のパーティだった。君と同世代で勢いがある子だから、と仕事関係者に紹介された彼は格闘家で、隣にモデルの彼女を連れていた。私もその時はまだ駆け出しの脚本家で、後に夫となる映画監督と腕を組んでそこにいた。

「上島南って、ペンネーム? テレビでよくみるよ、クレジット」

私のアソコを舐めると言った舌の根も乾かぬうちに、仕事のことを彼は聞く。

「ううん、本名」

「へぇ。イメージと合ってるね。南の島、みたいじゃん、ミミちゃん」

「そう？　意外と暗いのよ、こう見えて。レンは？　リングネーム？」

「いや、それが本名なんだよね……」

「なんで苦笑？　素敵よ」

「レンはカタカナにしてっけど、本当は、恋って書くんだ。本名だぜ？　DQNだぜ？」

その言い方に私は声をあげて笑ったけれど、その時には既に胸にあった。

今夜を境にナニカが始まる、確信のようなザワめきが。


「ね、私、珈琲飲みたい。カフェつき合って」

クラブを出ても、私たちは手を繋いだまま、西麻布の交差点を歩いている。こうしているところを人に見られたら――平気なわけでは、きっと互いにないのに。それでも握った手を、何故だか離すことができずにいる。

「いらねぇよ、珈琲なんか。俺んち行こうぜ」

「でも、私、本当に」

言いかけた私を、彼が睨むような目線で黙らせる。

「分かってるし、俺、悪いけど、そんなに女に困ってねぇよ」

「あはは、そっか。それは、分かってる」

私の乾いた笑いが、春の匂いを少しだけ帯びた冷たい深夜にヒラリと舞う。

とっくに夜の街に消えて行ったエレナは男と、やるんだろうな。なんで私は、セックスを封印しているんだろう。あんなにも、大好きだったのに――。

タクシーの赤い空車サインに手を上げた彼の後ろにピタリとくっつきながら、そんなことを考えていると、

「ミミちゃんのさぁ、」

開いた黄色いドアに手をかけた彼が、私のほうを振り返る。

「困った顔、俺、けっこう好き」

「……」

不意打ちにドキッとさせられて、
間違えて好きになってしまいそう。

「おいで」

彼の、甘く男な声にどこまでも誘われて、

タクシーの奥へと、私は身体を滑らせる。

もし、男と身をひたす静寂を心地よく感じるのなら、それは、結婚向きのつまらぬ相性。頭の中でキャッチコピーめいたものをいちいちつくってしまうのは、職業病。この偏った考えは自分が既婚者であるからで、とはいえ結婚そのものに問題が――なんて、脳内で自己弁護していないと冷静さを保てない。

胸が、ザワめいてザワめいて、少し吐きそう。

運転手に自宅の住所を告げた後、レンはけだるそうに顎をあげて前を向いたまま、隣にいる私を見ようともしない。

タクシーは静かに交差点を右折して、騒がしい六本木の中へと切り込んでゆく。彼の彫りの深い横顔を光で縁取るようにして、街のネオンが後ろへと流れ出す。

ドン・キホーテのオレンジがかった黄色い文字に、真っ赤なクラブのエントランス。水商売用のドレスがショーウィンドウに飾られる店から、漏れる光は、どこか紫。

洗練されているとは言えぬ色と色が、混じり合うことなく窓の外を流れては、レンの横顔を縁取っている。この通り独特の夜の雰囲気と、そこにとけ込むレンを感じて、余計に胸がかき乱される。

「……東京タワー、」

しばらく続いた沈黙を破らずにはいられなかった私にも、レンは目を向けようとしない。彼の視線の先にあるフロントガラスが、赤オレンジに光るタワーのふもとで埋まってゆく。

「こんなに近くで見るの、久々かも」

「……」

頷いてみせただけのそっけない態度でかわされて、心がまたザワリと揺れた。

それでも彼の右手は、タクシーに乗り込んだ時から私の太ももの上に置かれている。

スカート越しには体温を感じない。きっと彼の手の平は、汗ばむことなくサラリと乾いている。

さっきまで飲んでいた店では、ももとももものあいだに手を差し込んできたり、指に力を入れて肉を摑んだり、してきたのに。

今はただポンッと置かれただけの彼の手に、もどかしさと寂しさを感じてしまう。

早く、もっと、いろいろ、して欲しい。

既に、私のほうが求めてる。何よりも、そんな自分が怖くなる。

「ここで」という声とともに、レンの手が私から離れ、後ろポケットの財布を取り出した。メーターがジリジリと音を立てながら、領収書を吐き出している。

西麻布の交差点から、１４８０円。住宅街と思われる外は暗い。ここは、駅でいうと何処になるのだろう。聞きたい気もしたけれど、レンのどこか不機嫌な背中を黙って追った。

１階の通路を、少し離れて歩いている。古そうな、でもしっかりとしたレンガ造りのマンションが、レンのがっちりとした後ろ姿と似合っている。画になる男だ、と改めて思う。

一番奥の部屋の前で止まったレンが、後ろポケットに繋いでいるシルバーチェーンを手繰り寄せる。金属同士がカチャカチャとぶつかり合う鍵の音にまで、いちいち男を感じてしまう。

ドアが開くと、外よりも冷たく感じる空気の中に清潔な匂いがした。カーテンレールにズラリと干された洗濯物の洗剤の香りだと、明かりがついてすぐ気づく。

「偉いね、ちゃんと」

何処に座ったらよいのか分からずに立ったまま、テレビの前のローテーブルにガシャンと鍵を置いたレンに声をかける。

「きちんと生活してる感じ、なんか、いいな」

心から言ったのに、

「普通だろ。乾燥機使うと光熱費あがっから。干さないの？」

ベッドに腰をおろしながら、レンが面倒臭そうな声を出す。

「ん、乾燥機かも、ぜんぶ」

「……てか、ミミちゃんさ、いらんこと言わなくていいよ」

「……え?」

何に気を悪くしたのか、瞬時に分かってしまう自分に困る。

「話さなくていいよ」

目の前に座るレンの、私をジッと睨むような上目遣いに、怖さを感じて身動きがとれなくなる。

戸惑いながらもやっとの思いで見つめ返すと、部屋の明かりが落とされた。


「ジャケットだけ脱いで、こっちにおいで」


急に優しい男の声が、薄暗くなった部屋に小さく響く。息の根を、止められたかと思うほどドキリとした。

言われた通りにする。レンが寝そべるベッドに、浅く腰かける。すると、すぐに後ろから腕をまわされて、強い力で引き寄せられた。

背中から、レンの上に倒れ込んだ上半身を、レンの右腕がずしりと重く抱え込む。ひじが、胸にあたっている。そんな初心《うぶ》なことを思っていたら、顎がグッと上向きに掴まれた。

伸びた首筋に、レンが甘えるような仕草で唇を押しあてる。その柔らかな感触が、少しずつ耳

の裏のほうへと移動して、

「女の、いい匂いがする」

さっきまでとは明らかに違う熱っぽい声と、耳の中に吹きかかるレンの息。思わず身体をねじりたくなるが動けない。口にふくまれた耳たぶが、あたたかくてそれだけで、身体の奥が溶けてゆく。

「ンッ」

いきなり耳に歯を立てられて、ビリッとした痛みに声が出た。

「…優しく、して」

後ろを振り返り、レンの顔を軽く押しのけるようにして伝えると、

「ん、優しいのが、いいの？」

またすぐに右耳に唇をくっつけて、その中に囁くようにしてレンが聞く。漏れそうな声を押し殺しながら小さく頷くと、

「いいよ」

私の左頬に右手をあてて、ゆっくりと自分のほうに向かせると、私の頭を後ろから挟み込むようにして顔を近づける。そして、舌の先で、私の下唇をツーッとなぞる。口を開けて、そこに舌を絡めずにはいられなかった私の頬を、許すように強くレンの手の平が包み込む。

自然とまぶたが落ちてしまう。口の中でうねる舌と舌との感触に、意識のすべてを持っていかれる。

舌を深めながら、レンは私の身体を下敷きにするようにして覆いかぶさってくる。胸にずしりとかかる男の身体の重みと、激しさを増すキスの狭間で、苦しくなって呼吸が乱れる。

息が、次第に苦しくなってきて、逃げるように顔を横に背ける。それでもキスをしようとしてくるレンの胸を押し上げると、手の平に胸板の筋肉を感じてドキッとした。

そんな私に気づいているのかいないのか、私の長い前髪を指で脇へと流しながら、レンが上から私の顔を覗き込む。

「見ないで……」

自信のなさからとっさに覆い隠そうとした両手が、顔の両脇のシーツの上に押し付けられる。

許しを乞うような気持ちでレンを見上げると、

「その顔、俺、好きなんだよね」

目をまっすぐに見下ろして、レンが言う。

暗闇に慣れた目に映る彼の顔に、見惚れてしまう。彼のとろけるような目の艶っぽさに、思わず息を呑む。

「もう、濡れてるの？」

予想もしていなかった意外な質問に、身体が熱くなった。あそこが、濡れていることなどとっくに自分で分かっている。

頷くようにして、まぶたを閉じることで認めると、

「へぇ」

掴んでいた私の手首から手を離し、上半身を起こしたレンが意地悪く微笑んだ。

「まだ、俺キスしかしてないのに、ね」

そう言いながら、スカートのウエスト部分に手をかける。裾から手を入れて、今すぐに指で触れて欲しいくらいなのに、

「じっとしてて」

イヤなのに、さっきまで密着していた身体を離されたことが寂しくて、言うことを聞いてしまう。

レンが、もどかしくなるくらい丁寧に、スカートとストッキングとパンティを、一枚ずつ脱がしていく。

下半身だけ裸にされることがこんなにも恥ずかしいことだとは知らなくて、今にも泣きそうな私に、レンが言う。

「濡れてるところ、俺に見せて」

「……ッ」

思わず両手で覆った顔を横にふると、ベルトが外れる音がする。

「じゃあ、挿れちゃうよ？」

自分のものを右手で握ったレンが、左手で私の左足首を持ち上げた。

「お願い、それはダメ！」

隠すようにあそこに手をやると、レンは私の脚をグッと大きくひらかせた。

「なら、自分の指入れて、俺に見せて」

つるりと滑るように、指が自分の中へと入っていく。そこに視線を感じるだけで、液がとろりとあふれ出す。

部屋は、洗濯物の匂いがして、いつの間にかカーテンの隙間から入り込んでいた朝日が、レンの肩から腕にかけての曲線を縁取っている。指を出し入れするたびに、ピチャピチャといやらしい水の音がして、それはレンのすぐ目の前で響いている。

「アッ」

指を入れた状態の私の中に、レンが指を滑り込ませてくる。熱くぬめる、自分の体内で触れ合う指と指との感触に、気が、おかしくなりかける。

もし、自分の身体の深いところにまで指を沈めた男に「ここ?」と聞かれたソコが、自分の中にあったことさえ、それまで知らなかったとしたら。

まるで急所のようなポイントを指の腹で刺激されながら、答えることなど不可能で、呼吸だけが荒くなる。

掠《かす》れた声で、もう一度レンが聞く。あまりにも鋭い快感に朦朧とする意識の中で、泣きそうな声が口から漏れる。

「それとも、ここ?」レンの指が私の中で向きを変え、自分でも触れたことのない体内の壁を、またピンポイントで刺激する。

「……ァアッ、アァ、」仰向けで悶え続ける私に、

「…淫乱、なんだね」

動かしていた指を止め、脚のあいだにいるレンがボソッと言った。恥ずかしさで、頭の中が真っ白になる。乱れた私が吐く息だけが、やけに大きく耳に響く。

「こっち、見て?」

ゆっくりと目をあけると、暗闇の中にレンがいて、私から引き抜いた自分の指を舐めている。

後ろには、カーテンレールにズラリとかかった洗濯物。閉められた厚手のカーテンの隙間から入

り込むのは、真新しい朝の光。

膣の奥に残る快楽の余韻にぐったりしながら、目に映る画にうっとりと脳が溶ける。白く細い光の線が、レンの首から肩、腕にかけての筋肉質な身体のラインを縁取っている。

「いやらしい味がする」

美しい男が、私に言う。

「直接、舐めて欲しい？」

意地の悪い声で、続けて聞く。

目を閉じて、泣きそうな気持ちで小さく頷くと、レンは脚のあいだに顔を埋める。敏感なところが、口の中のあたたかさで包まれた、と思ったら舌の先で転がすように触れられて、

「ッ、きもちぃ」

どうしよう、「ッ」、どうしよう、「アッ」、どうしよう、もう「ッアア、イきそッ」。

舌の動きを速めながら、同時に指を挿れてくる。奥の、奥にあるさっきのところを、指の腹で激しく、激しく突いてくる。

「ゥ、アァァァッ」

ビリビリとした電流のような快感が、子宮を下から突き上げては、まわりをドロドロに溶かしていった。ここまでの感覚には、自分の指では、到底自分を導けない。

「ね、ダメ!!」

濡れたアソコにレンが自分のものを押し付けるので、身体をひねって腕を押しのけると、

「分かってるって。……るせぇな」

ビクッとなるほど冷たい声で、ピシャリと言われた。挿れない約束は守る、という意味なのは分かったけれど、突然怒ったような態度をとるので怖くなった。

「大丈夫だから、俺を信じてよ」

今度は優しい声でそう言われ、「……はい」と、思わず敬語になってしまった。不機嫌になったレンに、許しを乞うようにして私は聞いた。

「ね、私も、舐めていい?」頷いたレンの前に屈み込み、息ができなくなるくらい、奥の奥までくわえ込んだ。

口にうっすらと広がる、甘苦い、男の味。漏れ落ちるレンの甘い声と、喉の奥の苦しさが、どこまでも私を興奮させた。

そんな私に気づいているのかいないのか、突然、私の髪を後ろに引っぱり、意外な台詞をレンが吐く。

「うつ伏せになっていいよ?」

まるで、自分がイくことは求めていないかのような、穏やかな声で。

「……え、下手だったかな、ごめん」

思わず謝ると、「ちげぇよ」とそっけなく言いながら、私の身体をシーツの上でひっくり返す。

「もっと、俺にミミちゃんを楽しませてよ」

「うっ」背中をレンの全体重で押しつぶされて、内側も外側も胸が苦しくて、突発的に泣きたくなった。

私の首筋の髪をそっと指先でかき上げて、首の付け根にレンが口づける。全身の毛穴が開いたかのようにゾワッとして、顔を埋めたシーツの中に声が漏れる。

フッと身体にかかるレンの重みが軽くなったと思ったら、後ろから腕をまわしてアソコに触れてきた。濡れていることを確認するように、表面をツルリと指で撫でる。そして、擦る。液にまみれた指がクリトリスに触れるたびに、ビクッと身体が震えてしまう。そして、レンの腕に促されるようにして四つん這いの姿勢になった途端、指をグッと突き上げるようにして後ろから刺してくる。

「アッ!!」思わず顔をあげ、小さく叫んだ私の頬に、後ろから覆いかぶさるようにしてレンがチュッと唇をあてる。そんな優しいキスとは裏腹に、指の動きが速くなる。レンが中をかき混ぜるたびに、どうしようもなく恥ずかしい音が部屋に響く。その音を面白がるように、レンは指を出したり入れたりする。何度も繰り返しながら、そのスピードを加速させてゆく。

「ッッッ！！！」

膝の力がガクンと抜けて、うつ伏せにペタリとたおれ込む。

一度目よりも、鋭く果てて、全身に力が入らない。ぐったりと横たわる私の身体を、レンがクルリと仰向けにさせる。

恥ずかしい、と感じる余裕も、もうなかった。目を合わせたまま、脱力した私はただただ肩を上下させて呼吸した。はぁ、はぁ、と息をするたびに揺れる胸に、レンがそっと手を置いた。

「ドキドキしてるね」

ブラウス越しに心臓の鼓動を感じながら、レンが言う。

「……うん」「でも、これは、運動の後のドキドキのほう」「……」「違う？」「……違いは、しない」「ね」

やけに寂しい音色の、「ね」の後で、レンはブラウスのボタンに手をかける。私は、ただぼんやりと横たわり、黙って裸にされてゆく。

ブラジャーを外された瞬間、心臓がトクンと鳴った。緊張とも似たその一瞬の脈を、私のおっぱいを見ながら自分でしているレンが、どうか見逃してくれたらいいと思った。

身体には一切触れずに、その眺めだけで、男が果てる。

腹の上に感じる精子のあたたかさの中で、女としての恍惚感に包まれた。そしたら、また、泣きたくなった。ほんとうは、声をあげてワンワン泣き出したいくらいの気持ちにまですぐになってしまいそうだった。でも、そこまで感動していることだけはどうしても気づかれたくなくて、私は必死に冷静を装った。

「今、何時だろ？」部屋が、うっすらと明るくなっていた。夫が起きる前に、帰宅しなくてはいけないのも本当だった。「も、帰らなきゃ」サイドテーブルに置いたバッグに手を伸ばし、取り出したiPhoneで時刻を見ながら私は言った。

「え？」後ろから、レンの不機嫌な声がする。

「もう、6時だもの」

そう言って振り返ると、全裸で横たわっていたレンの姿に、思わず息を呑む。無駄なく鍛え上げられた肉体というものは、こんなにも美しいものだったんだ。

「待ってよ」見惚れてしまって動きが止まった私に、レンが腕を伸ばす。

「俺の精子、まだ腹についてんのに、帰るはないだろ」

眉を片方だけ少しあげて、レンが苦笑してみせる。

「あ、ほんとだ」

私が言うと、「あ、ほんとだ、じゃねぇよ」と笑いながら、力いっぱい私を自分のほうに引き寄せる。

ベッドに横たわったまま、私の背中をすっぽりと包み込んだ腕が、私の腹へと下りてくる。

「帰って、いいんだけどさ」と言いながら、そこについた自分の精子を、私の皮膚にすり込むようにして、大きな手の平で腹を優しく撫でまわす。

「俺の匂い、つけて帰って。シャワーとか、貸さないからね」

ビックリしすぎて笑いながらも、そんなレンに、どうしようもなくソソられた。

「あと、これ、置いてってね」いつの間にか、私の濡れたパンティが彼の手の中にあって、

「寝て起きたら、これ使って、ミミちゃんと今したこと思い出して、オナニーするから」

急に幼い少年のような顔をして、レンがはにかんだ。

「……嬉しい」そんな可愛い顔を見たら、本心が口からあふれてしまった。

「…だろ?」

「うん、すごく、嬉しい……」目を見て言うと、

照れたようにレンがサッと目をそらす。

「また、連絡するね」そう言って立ち上がろうとすると、レンはクルリと私に背をむけて、壁のほうへと寝返った。そして、

「あのさ、悪いんだけど、俺が寝るまででいいから、隣にいて」


レンの寝息を確認してから、そっとベッドから足を下ろした。物音で起こしてしまわないように気をつけながら部屋を出て、ゆっくりと外側からドアを閉める。

しばらく、部屋の前に立ったまま、レンを想った。

最後の台詞はとても意外で、いたたまれないような気持ちになった。このドアの向こう側に、きっとずっと絶えずあるレンの孤独を思ったら、胸が苦しいくらいに締め付けられた。

鼻の奥が、ツンと痛む。ただ、今はまだ、コレは恋とも愛とも違うと思う。

マンションの通路は相変わらずひどく冷えていて、腕を両手でさすりながら、数時間前にふたりで歩いた暗闇をひとりで抜けて、通りへと出る。

外はもう朝で、その明るさに気持ちが急かされる。

鍵の音にも気づかぬくらい、夫は彼の寝室で、深く眠っていますように。私のベッドで丸くなっているジジは、部屋のドアを開ければきっと目覚めてくれる。

珈琲が飲みたい――――。

そんなことを考えながら、人ひとりいない明け方の知らない道で、私はタバコに火をつけ帰路につく。6年ぶりに自分についた男の匂いを、煙でごまかすようにして。

もし、夫が起きていたら、どうしよう……。稀にだが早朝に、夫はリビングのソファで読書をしていることがある。

自宅マンションのエントランスゲートをくぐったあたりから、胸のザワめきが加速した。ガランとした早朝のロビーにカツカツと響く自分のヒールの音が、やけに大きく感じられてソワソワする。

エレベーターへと通じるセキュリティーゲートの前で立ち止まり、目を閉じて、空気を深く吸い込んでからキーカードをかざす。

ピ。小さく鳴ったデジタル音とともに、まぶたを開ける。フーッと口から息を吐き出しながら、下りてきたエレベーターに駆け足で乗り込んだ。

落ち着いて、大丈夫。心の中で言い聞かせていると、鏡張りのドアがスーッと閉まる。トップスの胸元がはだけているような気がして、レザージャケットの襟元をキュッと手で掴んでから、鏡に映る自分の顔からは目をそらす。

身体についた男の匂いが、自分で分かる。

ピッ！　自宅のドアがアンロックされた音に、緊張して立ち尽くす。キーを感知して点滅したドアの小さな緑色の丸が、いつの間にか消えている。呼吸を整えてから、もう一度、ピ。今度はちゃんと、両手でそっとドアを引く。

息を殺して耳を澄ます――――。

物音ひとつしない我が家に、ほっとして私は暗闇の中にしゃがみ込む。ここは、甘いラベンダーの香りがほんのりと漂う、我が家の玄関。

この時間に起きていないということは、いつも通り睡眠薬を服用して眠ったということ。夫が昼過ぎまで目覚めないことは分かっていたが、それでも音をたてぬようにそうっと夫の寝室の前を通り過ぎ、バスルームへと直行した。

ザ――ッというシャワー音で満ちる、四角い浴室。湯の圧が、真上から勢いよく顔面を叩きつける。冷えきっていた腕に、鳥肌がザザッと立つ。たち込める湿気と、せっけんの匂い。

緊張の糸がほどかれてゆくのを感じるより先に、大声を出したくなった。

泣きたいのではなく、叫びたくなった。


あえて意識をそらしてきた、私の中の黒い箱。レンがその蓋を、開けてしまった。否、私がレンに開けさせた。この6年間、崖のような場所で生きていた自分に今、気づいてしまう。

込みあげる衝動を、腹に手をすべらせることで、押し殺す。指の腹が感じるレンのぬめりに、正気を失うギリギリのところで救われる。

精子を肌に塗るなんて、なんて分かりやすいマーキング。レンは私が、欲しいのだろうか。自分のものにしたいと、思ってくれているのだろうか。

腹から指を、下のほうへと下ろして自分に触れる。行為の時のものなのか今なのか、分からないけれどそこは濡れていて、少し熱を持っていて、ヒリヒリする。でもその痛みさえ、レンにいやらしくいじられた証のようで誇らしい。

レンの長い指が、柔らかな舌が、私にしたことを思い出す。

身体に残る余韻とともに、レンとのことを思い出す。

フラッシュバックとともに、蓄積された私の中の孤独が、溶けはじめる。叫ぶことで外へと出したかった自分の中の怒りめいたものが、薄れてゆくのを感じている。

「おはよー」

レンからラインが入ったのは、昼過ぎだった。いつもなら自分の部屋に置きっ放しにしているiPhoneを、シンクの横に置いていた。視界の脇で液晶画面がパッと明るくなったその時、私は夫がとった昼食の食器を洗い終えたところだった。

いつからだろう、と考えていた。キッチンから白で統一されたリビングを見渡しながら、我が家の闇にまた呑まれそうになっていた。思い出せなかった。いただきますもごちそうさま、も夫が言えなくなったのは、いつからだったのか。

だから――

「おはよう！」

濡れた手を布巾でパッと拭いてからiPhoneを手にとり、すぐにそう打ち返した瞬間、涙が出そうになった。

身体を重ねた夜のあとに「おはよう」を言い合える、相手ができた。

今の私にとってそれは、眩《まばゆ》いほどの光だった。

「ほんとは少し前に起きて、ミミちゃんのパンティでオナニーしたんだ」

予想もしていなかった返事に動揺して、慌ててラインをアプリごとを閉じた。焦っているからこそゆっくりとキッチンを出て、夫の部屋の前を息を殺して通りすぎる。そこからはいつものように、イーグルスの「デスペラード」が漏れている。この曲を聴きながらベッドの上で読書をするのが、夫の午後の日課なのだ。

〝You better let somebody love you〟

毎日決まった時間にここから流れてくるこの音楽は、まるで呪文のように私を縛る。

「興奮した……」

自室に戻るのを待てずにラインを開くと、レンが続けてそう言っている。

〝あなたを誰かに愛させなさい〟

音からは遠いたのに耳に残る「デスペラード」の歌詞に、責められているように感じている。

「次、いつ会える？」

私からの返事を待つことなく、レンが聞いてくれている。

〝あなたも誰かに愛してもらいなさい〟

自室のドアを後ろ手でそっと閉める頃にはそれは、私への天からのメッセージのように、都合よく感じてしまっている。だって、

「あー！　ミミちゃんのことが頭から離れねぇ」

まるで銃を連射するかのような勢いで、ずっと欲しかった言葉が束になって私へと飛んでくる。

心の中で、何かが溶けたのだ。目から涙が流れ出る。頰を伝って、首まで落ちる。

どうしよう。もう戻ることなど、絶対にできない。

途方に暮れるような想いでベッドへと倒れ込んだ私の背中に、ジジがするりと乗ってくる。

軽くて、でもきちんと重くて、背中にあたたかいジジの熱。いつも、どんな時も、こうして寄り添ってくれるジジの存在が、ありがたくて余計に泣けてくる。

「ありがとう」

伏せていた涙だらけの顔を上げ、何も考えずに、思ったままを打ち込んだ。

「礼とかいらないけど」

数分後に、返事がきて、次に続けて、

「次は挿れるからね」


息の根が止まるかと思うほど、その一撃は心の深いところまで到達した。最後までしてしまう勇気などまだなくて、そんなのズルイって分かってるけど、またしたい。

「少し考えさせて。かけひきとかではなくて、事情も事情だし、その一線はやはり大きくて」

脈打つ心臓をなんとか抑えて、冷静にそう返事を送るとすぐに既読がついて、

「分かったし、なら挿れなくてもいい。けどそれ逆に重いわｗ」

こちらが肩すかしを食らうようなライトな返事に、頰が緩む。

「そうかも、ごめんｗ」

気が楽になった弾みですぐに打ってから、もしかしたらこれはレンなりの優しさだったのかもしれない、と思う。

自意識過剰なのかもしれないけれど、でも、

「で、ミミちゃん次はいつ会えるの？」

名前を呼んでから、もう一度、聞いてくれる。

相手にも気持ちがあるのなら、尚更やめておいたほうがいいのは分かっている。既婚者なのは、つまり卑怯なのは自分であることも、すべて頭では理解している。

――――でも、それでも、どうしても、

「私は、今すぐにでも」

気持ちを抑えることなどできなかった。拭える程度の欲でもなかった。早朝に閉めたばかりのドアを開けると、レンがシャワーから半裸で出てきたところで、目が合った次の瞬間には腕を引かれ、壁に背中を押し付けられていた。

私もレンの、まだ濡れている背中に手をまわす。しっとりしたその肌に、滑らかについたその筋肉に、指の先からうっとりしていると、顎を手でクッと上げられキスされた。

強引な手とは裏腹に、唇で感じるレンの唇はとても柔らかく、そのあいだからあたたかな舌をそっと中に入れられて、まぶたが自然に落ちてしまう。

私の後頭部を壁に押し付けるようにして、キスが深く激しくなってゆく。重なり合う唇と唇のあいだで、互いの息づかいが荒くなる。後ろにまわした手に力を入れて、私はレンの大きな背中にしがみつく。

レンの男としての魅力に、引きずり落とされる。底抜けに堕ちてしまいそうで怖いのに、すべてがあまりにも気持ちよくて、堕ちながら私は同時に昇っていく。

上が地獄なのか、下が天国なのか、

落ちているのか、上がっているのか――。

自分たちの存在を確かめ合うように舌を絡めて一緒に迷子になってゆく。どこまでが私で、どこからが彼なのかさえ、もう曖昧。

他人との境界線が、粘膜の上で溶けてゆく。

どちらが闇でどちらが光、なにが罪でなにが愛。

すべての線が口の中で、どうでもよく混ざり合っては、溶けてゆく。


もし、このままひとつになったとしても、未来はそう変わりやしない。

なら、してもいいのか。だからこそ、するのが怖いのか。

キスしていた唇が離れた瞬間に私をベッドへと突き飛ばしたレンを、見上げながら考えてる。

乱暴に扱われてブワッと身体の奥が熱を持ったら、クールダウンを促すかのように脳が冷静になった。

「なに、考えてんの？」

聞きながらも答えなど求めていないような目をして、ベッドの前に立っているレンが私を見下ろしている。全身の毛穴が、ゾワッと震えて鳥肌が立つ。

罰されたい。

そう思った時にはもう、レンの身体の下にいた。迫りくる唇から逃げようとすることで乞うのは、許しではなく、男の荒さ。

「次は挿れるって俺、言ったよね」

耳元で言いながら、レンがスカートをパンティごと一気に膝までズリ下げる。その腕を止めようとして、私はレンに手首を、強い力で握らせる。

「……ッ」

頭の上に両腕を上げさせた状態で手首をクロスさせ、レンが片手で押さえつける。ブレスレットの金具が、手首の裏側の薄い肉を刺すようにして食い込んで、「痛ィッ」。

それでもレンは力を緩めることなく、代わりに唇で私の口を塞ぐ。舌を入れながら、もう片方の手で、スカートとパンティを私の足首から完全に引き離す。

「んんッ」私は身体をよじらせて、太もものあいだに差し入れようとしてくるレンの手を拒む。

足の付け根まで、すでに濡れているのが自分で分かる。

「アッ」左の太ももを押し上げたレンの手が、私の液で濡れているそこに触れる。

「拒みながら感じまくってんじゃねぇよ」

キスをやめて顔を上げ、突き刺すような目線とともにレンが言う。

許しを乞うような目で見つめ返しながら、私は内心ほくそ笑む。

もっと強引に、もっと求めて。

「ンンッ」

レンが指を中に挿れてくる。

「ン、ン、ン、ンッ」

奥を突き上げられるたび、私の両手を摑んでいるほうの手にも力が入る。頭の上でクロスさせられた手首の肉に、ブレスレットの金具が突き刺さる。

もっと乱暴に、もっと罰して。

「アアッ！」

奥の壁を指の腹でピンポイントに刺激されて、頭が真っ白になってゆく。悲鳴のような声をあげているのが、もう自分だとも思えない。「黙れ」とでもいうようにキスをされてうっすらと目をあけると、最後にレンの、まつ毛が見えた。

果てた私の上に、レンが馬乗りになっている。まだ呼吸の乱れもおさまらない私の、力も入らない腕を摑んで、自分のものへと手を持っていく。

そこは硬く、大きくなっている。

「俺の、出して」

驚いて目を見開くと、

「なんだよ？」レンが怒ったような顔になる。

「……ううん、ただちょっと」言葉に詰まった私を、レンが睨む。

分かっている。挿れることをせずに、また私をイかせてくれた。出会った時にしてくれた約束を、レンは今日も守ろうとしてくれている。男が、ここまでの行為をしておいて挿入せずにいてくれることが、どういうことなのか、分かっているつもりでいる。

だけど、その言い方はあまりにも、「デリカシー、ないなって」。そのまま口に出していた私に「心技体《しんぎたい》だよ」と、耳馴染みのない言葉をレンが言う。

「しん？」「いいから、早く」

心と体は繋がっているという意味なんじゃないかと、そう思ったら、

「……はい」

私はひざまずき、レンのものを口にくわえている。

「いいこだね、ミミちゃん」

私の髪を撫でながら、上から優しい声がふってくる。

「……だってさ、人妻に対して溜まるのは、しんどいぜ？」

予期していなかった言葉に胸が締め付けられた瞬間、

「ッ」

髪を摑んで激しく腰を動かすことで、レンは私を、望み通りに罰してくれた。息ができなくて、

苦しさを感じれば感じるほどに高まってゆく自分が、怖くなる。

「う、イきそう」

レンはそう言って口から勢い良く引き抜くと、そのまま私の胸に射精した。

「……夫とはね、これまでもこの先も、セックスはしないと思う。男女の関係ではもうないの。それでも、別れる気は、ないのね」

床の上に落ちていたパンティを拾いあげながら、迷ったけれど伝えることにした。

「真面目かよ」ベッドの上に寝そべっているレンが、バカにしたような口調で言う。

「でも、レンも真面目でしょ、だから」「だからなんだよ」

思っていた以上に苛立たせてしまったようで、言ったことを後悔した。

「ううん、なんでもない、ごめん」

パンティにサッと足を通して、レンに背を向けたまま謝った。

愛とは、感情ではなく決断なのだ。

間違っているかもしれない。正解などあるのかどうかも分からない。でも、結婚を含む人生そのものに正しい答えなど、そもそも存在していない。自分で下す決断がそれになるだけなのだ。

だから私は決めたのだ、6年前。夫が心の病だと、診断されたその夜に。

永遠の愛を誓い合った夫とこの生涯を共にすることを、自分で決めた。たとえ、セックスを含む愛情表現を何ひとつもう、もらえないとしても。


「つか、ミミちゃんって真面目なの？」背中のほうからレンが聞く。

「そう、思うけど、違うかもしれない、分からない」

「……まぁ、どっちにしても、空気は読めないよな。した後に、夫が、とかさ」

「……そうだよね、ごめん」

スカートを手に持ったまま、ベッドのほうを振り返りレンを見て言った。

「つか、ごめん、とかもやめろよ。告ってもねぇのに振られた気分なるわ。俺、別にお前のこと好きとか言ってねぇし」

片方の眉を意地悪く上げて、私を見下すような視線を向ける。

「……」幼稚ともいえる負けず嫌いさをそこに感じて、思わずパッと目線をそらす。

「だから黙れよ」「……私、なにも言ってない」

火遊びの相手としては、レンはキケンすぎたかもしれない。果てた後で我に返り、一定の距離をとろうとする自分の心を感じている。

「こっちきて」

まるで見透かしたようなタイミングで、レンが私の腰に手を伸ばす。私が手に持っていたスカートを、レンが床に振り落とす。

「ミミちゃん、ほら、おいで」

名前を呼ばれ、後ろからレンに抱き寄せられた。ついさっきまで頭にあった冷静な考えとは裏腹に、純粋に、とても、嬉しかった。

自宅マンションからも聞こえる、夕方の5時を知らせるチャイムが、ここまで届くことを知る。夫の夕食の準備をするために帰宅しなくてはいけないことは、もちろんずっと頭にある。

でも、レンの腕の中の甘さから抜けることができずにいる。レンの胸に背中を、レンの肩に頭を預けていると、身体の力が抜けてゆく。そしてほんとうにここは、うっすらと甘い香りがする。

「ここにピアスあけて」

レンが私の左乳首を指でつまんで、ふわっと言う。

やめてよ、というように首をふって笑うと、「ダメなの？」後ろから、レンが顔を覗かせてくる。「え？　本気なの？」

目が合って、私たちは笑い合う。

「歩くたびにブラがすれて、痛キュン」どこか恥ずかしそうな顔をして、レンがジョークを口にする。声をあげて笑うと、レンが真面目な顔をする。

「そのたびに俺のこと、思い出せばいい」

「……」

「一緒にいられない時も、そうやって俺のこと、感じてればいい」

「……」

「ミミちゃん、そろそろ帰らなきゃだろ？　いいよ、行って」

レンは後ろから私の肩をそっと押し、ベッドから下りるよう促した。ありがとうとも、ごめんとも、言えなくて。私は黙って立ち上がり、スカートをはく。


食器を洗い終え、薄暗いキッチンでひとり、しゃがみ込む。何度iPhoneを見ても、レンからのラインはきていない。

夕食を食べ終えた夫は既に、自分の部屋へと消えていった。次に夫の顔を見るのは、明日の朝、サンドイッチを部屋に運ぶ時だと思うとホッとする。あと10時間は、ひとりでいられる。〆切が近い原稿がある。すべきことがあることに安心する。

ここにあるのはいつもの私の孤独だけ。なにも変わっていない。ほら、なにかが変わることなどない。そう思うことで心を安定させているのに、そう思うと声をあげて泣きたくなる。

服の上から、自分の左乳首をつまんでみる。ここに針を突き刺す痛みを想像しながら、込みあげてきそうな涙をこらえてる。


もし、もっと好きになって欲しいと願いはじめてしまったら、これは恋?

そう、とも思うけれど、ピュアな名前が許される感情でもない気がしてる。


好かれたところで責任をとれぬ相手に、自分をもっと欲しがって欲しいと望むこと。そんなの愛よりエゴだと分かっているのに、相手に求められたい気持ちが込みあげる。仰向けで寝そべって iPhone を凝視しているレンを隣に感じていると、欲が膨らみ出す——だから、私は視線を上げた。

カーテンレールに隙間なく干される、洗濯物。はぐれることがないように、靴下はペアでひとつの洗濯バサミに留めてある。どうしてだろう、その画に胸が、切なくなる。

昨夜からもう、ずっと雨。

ガラス戸に打ち付ける雨粒の音が、薄暗い部屋にパチパチと鳴っている。

平日の午後にまたレンの家にきているのは、くれば、と言われたからだけど、少し前までそれは、こいよ、だった。単純に私への興味が薄れているのか、駆け引きなのか。

すぐにでも触れられる距離にいるのに、レンの両手は顔の前の iPhone から動かない。練習前にセックスはしないというのは、言い訳なのか、本当なのか。

再会した夜に——といってもまだ10日も経っていないのだけど——、女には困っていないと言っていたことなら毎日何度も思い出している。こうして隣にいるから分かる。鍛え上げられた肉体美に、ベビーフェイス。滑るように滑らかな肌からはいつも、どこか甘い匂いがする。見栄などではなく、事実だろうと心から思う。

ほとんど毎晩セックスしているとも言っていた。そして、私たちはまだ最後までしていない。

連日のように昼間に数時間会っているけれど、夜に何をしているのか気になって、レンのSNSを何度も見てしまう。滅多に更新されないので、なんの情報も得られないことは分かっていても、それでも指が何度もアプリを開いてしまう。

不安が、私の心をグラリと揺らす。

「ん？」顔の前に持っていた iPhone から目線だけを私に流して、レンが聞く。

「え、ううん、今、私なにか言った？」

揺れる心が、レンを見つめる私の目を潤ませる。

「……や、なんか腹減った。炒飯でいい？」

「え⁉　作ってくれるの？」

　レンがやっとiPhoneから手を離したことも嬉しくて、飛び跳ねるようにはしゃいだ声を出してしまった。高校生の頃に母を亡くしてから、誰かが自分のために料理をしてくれたことなんて、あっただろうか。

「……まぁ、そんな期待しないで」と、ベッドから立ち上がったレンの横顔が、嬉しそうに見えた。眉間に皺を寄せて苦笑いする時、レンは照れているのだと今気づく。かわいくって笑い出したいくらいだったけど、

「レンって、シャイなの？」かわいい、はあえて呑み込みふわりと聞いた。

「そう、なんだよね、たぶん。なんか自分でもイヤなんだけど急に変に照れんだよ、俺」

「……意外」恥ずかしがり屋なところもだし、その素直さも。

　どうしよう、かわいい。

「俺さ、意外って言われるけど、ナンパもしたことないんだ」

「なら、いつもどこで女の子たちと知り合ってるの？」

「知り合いの知り合いって感じで近くにいっぱいいるから」

　自分で聞いておいて、少し凹む。

「……そっか、いっぱいいるのか」

「なんだよ？」

ベッドの真向かいにあるコンロの前に立って、振り返らずにレンが聞く。

「……ううん、楽しそう。いいね！」

顔を見られていないことに安心しながら、つとめて明るい声を出す。

「…けど、ヤっても別に、飯つくってやったりはしねぇよ」

嬉しくって、自然と笑顔になっている自分に気づく。

「ありがと」「やめろよ」「照れたの？」「うるせぇよ」

レンの肩が揺れて、笑っているのが分かって、私もアハハと声を出して笑う。

ふたりでいる部屋が、玉ねぎとベーコンの香ばしい匂いで満ちてくる。昨夜から降り続いている雨が私に、ここを隠れ家のように思わせる。

「眠い！」大盛りの炒飯を一気にたいらげたレンが、スプーンを置きながら言った時、私は食べ終わることをもったいないと感じていた。

卵の半熟加減とベーコンの焦げ目が絶妙に合わさり、口の中が美味しくて。ベッドを背もたれにして床にじかに座って、並んでご飯を食べているこの時間が、心にとても優しくて。

「ほんとうに料理が上手なんだね。ビックリしちゃった。ご馳走様」

重ねた食器を手に立ち上がろうとしたら、「俺があとでやるから」とレンの手に止められた。不意に太ももに触れたレンの手の平が、熱くて少しドキッとする。

「手、あったかい」「だから言ってんじゃん、眠い」

子供っぽい、と思う。愛おしく、そう思う。

「お昼寝しよっか、一緒に」

優しく言うと、レンはまた照れたのか、唇を尖らせながらぶっきらぼうに頷いた。

床から腰を浮かして、すぐ後ろにあるベッドにふたりで転がり込む。生活空間の狭さを、どうしようもなく心地よく感じている自分がいる。

「ちょっと、アラームかけるわ。練習遅れたらヤバイ」

そう言って充電中の iPhone に伸ばしたレンの右腕に、私の身体が巻き込まれる。首筋に息がかかった瞬間、フワッと「したい」と思ってしまった。

「ねえ、レン」

呼びかけたのとほぼ同時に、レンが私の上に乗ってきた。真上から至近距離で見つめられて、脈が少し速くなる。でも、すぐに顔が遠のいた。

「キス、しようと思ったけど、」

私のヘソあたりに馬乗りになった体勢で、視線をそらしてレンが言う。

「けど?」「やめとく」「どして?」「んー、キスより」

言いながらレンは腰を浮かせて、自分のスウェットパンツをずり下げた。

「俺の、舐めて」「……ッ」

硬くなったものを目の前に突き出され、私はなにかを言う間も与えられぬまま、目を閉じてくわえ込む。

「舌、もっと使って」「ぁあ、それ、気持ちいい」「ァあ」

頭の上から、レンの声が降ってくる。言われた通りにしていくことで、濡れてゆく自分がいて、きっとレンもそのことを知っている。

「んッ!」

私の後頭部に手をまわし、喉の奥まで突き刺すように入れようとしてきたレンの腕を、反射的に手で押し返す。頭を後ろに倒すと、私の唾液で濡れたレンのものが口から出て自分の頬に触れた。許しを乞うように目線をあげると、私を見下ろすレンとまっすぐに目が合った。

まるで、私に恋をしているような目に見えるのは、私自身が溶けているからなのか。

「なんでやめたの?」聞かれて思わず視線をそらし、口の中に入り込んでいた自分の毛先が気になったので、髪をかき上げた。

「摑んでて?」気づけばそう頼んでいた私の髪を、レンが指でとくように撫でる。

「荒く、して、もっと」上目遣いでレンを見て、私は自ら望みを吐く。

「……言われると、ね、イジめたくなくなる」

「……ッ」

その言葉に驚いた次の瞬間、あたたかな両手で頬を包まれて、今までにないほど優しくキスされた。ちゅ、と唇を重ねてから離し、

「綺麗だよね」

レンが私の顔を見ながら、囁くようにそう言った。

そんなわけ、ないととっさに思った。だけど、声にもならなくて、代わりに目から涙がダラダラとだらしなく流れ出す。

誰かに、ううん男の人に、きっとずっとずっとそう、言ってもらいたかったんだって、たった今、気がついて。

柔らかな唇が、私の頬にキスをする。私はレンのシャツの下に手を滑り込ませ、胸に直接触れてみる。私の指先が冷えていたからか、レンの身体がビクッとなった。

この厚く美しい身体の熱で、レンは私の孤独を溶かしてくれた。挿れることなく、何度も何度も、オーガズムまで導いてくれた。冷え切ったこの、たいしたこともない私の身体を、何も聞かずにレンは、この身体であたためてくれたのだ。

涙が目から脇に流れて、耳の中に入ってくる。そのすぐ下の首筋に、レンは唇を這わせることで私の身体を奥から震わせる。

「挿れて」

私の首筋に顔を埋めているレンの耳に、そっと唇をつけて囁いた。

「……いいの？」

という音とともに吐かれた息が、首筋にかかっただけでゾクッとなった。

「……うん」

「挿れて欲しい？」

酔ったような声でレンが聞く。

「……はい」

涙が混じった声で返事をすると、

「いいよ」

どこまでも甘く、いつまでも耳に残るような掠れ声で、レンが言った。

その瞬間、心臓がトクリと音を立ててから、ピタッと止まったかのような感覚に陥った。不思議だったのは、心臓が止まったように感じながらも、静止したのは自分以外を残した世界そのものだったようにも同時に思えたことだった。

――――――いいよ。

あの時の、その音は、12年経った今でも記憶の中に鮮明にそのまま保存されている。

もし、ほんとうに欲しいものはなにかと聞かれたら、あなたはなんて答える？　きっと、あの時の私なら――――――

「……レン、」

寝そべる私に股がってTシャツを脱いでいる腕に手を伸ばして、呼びかける。パッと目が合ったと思ったら、上から指を、唇にギュッと押し当てられた。優しくして、と伝えようとした私の口を、レンの冷えた指先が押し開ける。

口の中に慣れぬ指の感触が伝えてくるのは、自分の舌の柔らかさ。

「……アッ」

2本目の指を口の中に突っ込まれて、声が漏れる。既に荒さを感じるセックスのはじまりに不安を覚えながらも、あまりのいやらしさに身体の力が抜けてゆく。

まぶたが落ちる直前に見えたのは、脱ぎきらなかった白いTシャツが首にダラリと下がった筋肉質な上半身。

スカートの中の太ももを這うレンの左手が、パンティを指にひっかけてゆっくりと、足首まで下ろしてゆく。

これから、遂に、最後までするのかと思うと、まるで処女かのように緊張してしまって、くっつけた膝と膝のあいだに力が入る。ううん、違う。男の手でそこをこじ開けて欲しかったから、だから足を閉じていただけだということを、割り入ってくるレンの手を太ももに感じて初めて気づく。

「触れてもないのに、もう、あふれてる」

内側のももまで垂れた液を、皮膚に撫でつけるようにしてレンが言う。恥ずかしくて、口の中の指に軽く歯をあてると、

「ッ！」

固くなったレンの先端をアソコに押し当てられて、目を開く。口から2本の指が引き抜かれて、唾液がたれる。ぐわっと一気に覆いかぶさってきたレンの顔が近づき、キスされる。

舌を深めながら、レンの腕が私の太ももを担ぎ上げるようにして押し開く。身体の内側に、滑り込むようにしてレンがゆっくりと入ってくる。

「ツン」

内側の肉が、押し広げられてゆくのを感じて声が出る。痛くはないけれど、

「アッッ」

奥の奥まで突き刺された瞬間、息ができないような苦しさを感じて、頭の中が真っ白になった。

レンが絡めてくる舌と舌のあいだでなんとか呼吸をしながら、私はレンの首に腕をまわしてしがみつく。

スッと抜けていったと思ったら、またグッと突き上げられて、そのペースが少しずつ速くなっていって、

「アァァッ」

思わずキスを外して声をあげていた。

レンが私の身体に重く響く。

突き上げられた奥から、快感の和音が身体中にグワングワンと響いてゆく。

「きもちいい?」

レンが溶けるような目をして、聞きながら突いてくる。目をギュッと閉じて深く頷くと、レンが挿入したまま上半身を起こして、私のシャツのボタンを外してゆく。

露わになった胸をレンは両手で押し上げて、そこに顔を埋めた。谷間に、熱い息が吹きかかる。

膣に力を入れると、繋がっている部分が、熱を持つ。

「ナマエ、呼んで?」

レンの細い髪を指先で撫でながら私が言うと、

「……」

少し、引いているようにすら思える間が、広がった。

「ダメ…?」

ばつが悪くなってもう一度聞くと、レンが胸から顔を上げる。

「それ、無理なんだ、俺。最中に、そういうの」

「……レン?」

頬に手をかけ、ナマエを呼ぶと、

「……」

照れたように、レンが苦笑する。

「私が呼ぶのは、いい?」

「…まぁ、ギリ」

「……」

黙った私の身体を、レンは乱暴に裏っ返す。

バックから、一気に奥まで突き上げる。

「アッ、アッ、アアアッ、アア、ッ」

枕に顔を沈めて叫び続ける私の首筋に、レンが唇を這わす。そして、

「泣いてるの？」

耳もとで聞かれて、

「……うぅっ」

その時初めて、泣きそうになったけど、何故かとっさに我慢した。

後ろから、何度も何度も激しく突かれながら、両手でシーツにしがみつく。枕の中に埋めた目から、涙が出ないように、グッと奥歯に力を入れる。

「……泣いても、いいよ」

耳の奥に吹き込まれたレンの言葉に、私は泣いた。

その声が優しくて、何故か悲しかった。

どうしてだか、どうしようもなく――――。

身体の奥が溶けそうに熱くて、気がおかしくなるくらい気持ちが良くて、それなのに心が、心が果てしなくどこまでも、どこまでも悲しかった。

「1時間後に、絶対起こして」

そう言い残して眠ってしまったレンの隣で、暗い天井をまっすぐ見つめていた。——その時間のことをよく覚えている。

外の風が、強くなってきていて雨が、パチパチと乱暴にガラス戸を叩いていた。

妊娠、しないだろうな。

そう、思っていた。

レンが中で射精したことを不安に思っていたわけでは、不思議となく。もし、これで妊娠してくれれば、当然なにかしら運命が変わってしまうけれど、でも、しないだろうな、って心がぼんやりと思っていた。

「帰り道、分かるよね?」

雨に濡れながら焦った顔をしてレンが言った。

練習に遅れそうなレンと一緒に家を飛び出して、大通りに突き当たる道の端にふたりで立っていた。

「もちろん」

と答えて別れたのが、私たちの最後になった。

何度となく、会いたくなる夜があったけれど、連絡はしなかった。レンからも、ジジを載せたインスタグラムに時々「いいね！」がくるくらいで、次第にそれもなくなった。

それぞれがもともといた人生の中に、互いに戻っていっただけ。

そう言い聞かせる自分を置いて、いくつもの季節が流れていった。単調な日々の中で少しずつ、夫が外に出られる時間が増えていった。レンと交わった人生の一点から長いこと動くことができずにいた私自身も、気づけばまた、目の前にある生活と同じリズムで無理なく歩けるようになっていた。

＊

夫の復帰作が華々しいヒットを飛ばした夏の終わりの、朝だった。ジジは、私のベッドの上で、眠るように亡くなった。

私の30歳の誕生日に夫が我が家に連れてきた子猫は、もう17歳で、すっかりおばあちゃんで、心のどこかでは覚悟していたつもりだったけれど、息をしていないことに気づくと私は大声で夫の名を叫んでいた。

動かなくなったジジを胸に抱き、膝から崩れ落ちて泣く私を見て、夫は静かに頷いた。何時間泣き続けたか分からない。それでも夫の目からは、最後まで涙は出なかった。

ジジは私の子供だった。私たち夫婦の——ではなく、私の、赤ちゃんだった。そう思ったら突然、記憶の中に閉じ込めていたレンとの会話が、鮮明にフラッシュバックした。

「そんなに惚れさせて、どうするつもり?」

炒飯を作ってくれたレンに私はふざけて聞いたのだ。すると、レンは照れもせずに目をまっすぐに見つめて、こう言った。

「妊娠」

「……」

「なに、困った顔してんだよ」

嬉しかったんだよ、あの時、ほんとうは。胸が焼けるかと思うほど嬉しくて、何て言ったらいいか分からなかったの。

「帰り道、わかるよね?」うん。それしか私には、分からなかったよ。

ジジを亡くして流れる涙が、頬にだらしなく流れていく。どうすることもできずに私は、隣に立つ夫の脚に、力弱くしがみつく。

# Lesson 04

## オンナから子猫へ。

もし、ミルクでの溺死を好むなら。

もし、悪いこと、とっさにヒラメイてしまったら？　私ならそのままヤる。

誰かを殺《や》るとか、そんな怖いことじゃないわよ。バーカウンターに頬杖をついて、キラキラした瞳で私を見つめながら質問をしてきたハーフの男に、今から嘘をつくってだけのこと。

「……文花」

初めて口に出して言った名前は、自分の高めな声と相性が良くて、2秒で考えたにしては気に入った。

「フミ、カ」

男の声でリピートされたその響きは、もっと良かった。どこか英語っぽく発音された「文花」から、男にはやはり外国の血が入っているのだと改めて思ったけれど、あえてなにも聞かずにおく。

「名前と雰囲気、すごく合ってる」

眩しいものを見るかのように目を細める男は、私以上に私のウソを気に入った様子。

「そう、かな？」なんて自然に返してみたら、可笑《おか》しくなってきて、ううん、楽しくなってきて、クスクス笑いが止まらなくなった。

「なに？　なんで笑うの？」と男は優しい笑顔を、私のほうにいやらしく傾《かたむ》ける。

「笑うことに、理由なんて必要？　楽しいから、笑っちゃうだけよ。あ、それはウソよ。ほんとうは、」

これから君にするイタズラな悪行を正当化する理由なら、立派なものがちゃんとある。それは、

「退屈だから」

彫りの深い男の目の奥に、視線を突き刺すようにして真顔で言ったら、男の頬からエクボが消えた。表情が変わったその瞬間、ゾクッときた。

「……つまらないのは、君の人生が？　それとも、僕？」

ボク、か。

いい、音。

まっすぐに私を見つめる彼の目の色の、色素が薄い。見慣れぬほどクリアなブラウンの中に、吸い込まれてしまいそうで、

「そんなの、きまってるじゃない」と言ってから、長めの瞬きをするために、まぶたを閉じる。

「どちらも」

言い終わる前に、相手を意識してゆっくりと目をあけた。

男の綺麗な瞳が、近くにある。

少年っぽさを残したキラめく笑顔もかわいかったけれど、私を睨むような目をした今の彼のほうが、やっぱりずっと、ぐっといい。

「……フミカは、イジワルなの？」

戸惑ったような声を出しながらも視線は離さないところに、私は男の余裕をみる。

「イジワル？」

聞き返しながら、吹き出してしまう。

そんな形容詞を使われるのは生まれて初めてで、私の中の退屈はとっくに影をひそめている。

愉快な気持ちが腹の奥から込みあげてきて、また笑いが止まらない。

「いや、ハハッ、それが正しいのかも」と、男もいつの間にか私に釣られて笑っている。

「僕はフミカに、年とか、仕事とか、どこに住んでいるのか、とか。このバーにはよくくるのか。今日は誰ときたのか、この後ヒマなのか。今からがダメなら連絡先を」

「アハハハハッ！」

乱暴な笑い声で話を遮ってしまうほどに、酔っている。酒に、ではなく、愚かで高飛車で笑い方まで下品な、自分に。

男はそれでも、欲しいものを見る目つきをしたまま話し続ける。

「まぁ、だから僕は、そういうフツウのことをね、順を追って、聞こうとしてたんだけど。確かにそれじゃ、聞かれる前から退屈だろうな」

自然と笑いが止まっていたのは、たぶん、惹かれたからだ。物腰の柔らかさと、女の下手に出ることを臆さない、男としての自信めいたものに。

「……優しいのね。〝僕〟は、優しいのね」

調子にのった私は、どこまでもスムーズに僕を口説《くど》く。

「……や、なんか、調子狂うな。フミカより、年上だと思うけど」

ふぅん。ほんとに、優しいことを言うのね。

今度は胸の中で、心から言った。男が出会ったばかりのフミカを、私自身も男と同じように、いたく気に入りはじめていた。

だから私は男を見つめるのをパッとやめて、カウンターから身を乗り出した。

「ヴォッカ、ショット、ダブル！」

奥にいる入れ墨だらけのバーテンダーに、明るい声でシャウトする。すぐにパンツの後ろポケットから財布を取り出している男の仕草を、視界の端でとらえて嬉しく思う。けれど私は気づいていないフリをして、空を仰ぐように顎をあげて真上を向く。

真っ黒にぬられた天井からは、星形の小さなライトが無数に垂れ下がっている。

ウソものの星空の中で、これから始まるかもしれない、否、既に始まりかけているフィクションの物語に相応《ふさわ》しいヒロインを、即興でつくりあげている。

男に肩をトンと叩かれて我に返ると、カウンターの上にショットグラスがふたつ。

「cheers!」

グラスをカツンと合わせて、毒みたいな味をした液体を口の中に一気に流し込む。燃えつくような感覚の後でスーッと冷えゆく喉の奥から、できあがったばかりの架空の女のプロフィールが、スラスラと滑るように昇ってきた。

名は文花。年齢は28。職業はモデルだけど、去年事務所を辞めてニューヨークに3ヶ月間、オーディションを受けるために行っていた。世界の壁の厚さを体感して、傷心帰国したのが3週間前。このバーは初めて。自宅は代官山だけど、渋谷はめったにこないから。

恋人と呼べるか呼べないかの境界線に立っているような関係の男とここにきたけど、口論になって30分前に男は帰った。

「そして、そうだね、私は、意地が悪いよ」

最後にひとつだけ、本当のことを答えてあげた。ウソじゃないよ。たった今君に、そういう気分にさせられた。

「そうか」って、男は静かに、天井の星を見上げながら呟いた。そして、ゆっくりと視線を私まで下ろしてから、

「まだ、退屈?」

目を見つめ返して、私は答える。

「うん。だから、キスして」

男が、片方の眉だけを少しあげた。でも、驚いているわけではないことが、自分の下唇を舌先で舐めた彼の無意識の仕草でよく分かる。

「……したいな」

そう動いた彼の唇から、目を離せずにいる。ほどよくぽってりしていて、唇で触れたら気持ちよさそう。

「ただ、ここじゃ、マズイかな」と続けた彼に、「どうして?」とすかさず聞くと、意外な答えが返ってきた。

「僕もモデルで、このビルのビルボードに、ポスターが貼られてる」

「……」

ポカン、と馬鹿みたいに開いてしまった私の唇を見て、男が小さく笑っている。

どうして気づかなかったんだろう。このビルのトップに飾られているというポスターは、それこそニューヨーク発の超有名ブランドの広告で、街中に大々的に展開されている。名前までは知らないけれど、何度も見たことのある顔だった。どうして気づかなかったんだろう。

「つまらない?」

男の顔が、下から私を覗き込む。

「ううん、真逆」

そう言った私の目が、その事実にまったくビビッていないことを、男は感じ取っている。その微笑みに、私はまたうっとりする。

「ねぇ、フミカ、しようか、キス」

言いながら、二の腕を軽く摑まれて、男のほうに引き寄せられた。ドキッとしたことに気づく間すら与えずに、男は私の左耳に顔を近づけて、髪のあいだから息を吹きかけるようにしてこう続ける。

「女子トイレ、先に入ってて。15秒後に、俺も行く」


僕から俺へ、スイッチを切りかえた男を待っている。パンティをおろすことなく便座に腰をかけ、ブーツを履いた脚を組む。個室のドアは真っ赤で、白いペイントの小さな星が散っている。体内に入れたヴォッカが効いているからか、それは視界にチカチカして見える。

残念になるくらい、緊張などしていない。ただ、これで男がこなかったら阿呆みたいだという唯一の不安要素が、私にクラッチバッグからLARKを取り出させる。

タバコに火をつけて吸った煙を吐き出していると、頭の中を「公美《サトミ》」がよぎる。

サトミは私の本名で、あいつはモデルなんかじゃない。

短大時代に有名なミス・オーディションのファイナリスト20名に選ばれたことがあるという、たったそれだけの事実にしがみついたまま、西荻窪にある叔父の持ち家で二人の兄と暮らしている。

適齢期を過ぎた三人兄妹が全員未婚のままなので、田舎者の母親は自分が育て方を間違えたのではないかと悩んでいる。自営でそれなりに成功している父親はいつまでも末っ子長女にだけ甘く、毎月15万円のこづかいが振り込まれるため、長らく無職。

今日は短大時代の同窓会で渋谷にきたが、数名の妊婦が話題の中心にいる育児トークとダサイ服のオンパレードに吐き気がして早退し、ひとりでフラリとここにきた。

恋人と呼べるような男なんて、人生で一人だけいたけど、彼は先に死んじゃった。

ガタッと外側からドアが蹴られるような音がして、目の前に男が現れた。と思ったら、カチャリと鍵が閉まった音がして、ドンッ。勢いあるキスに押されるようにして、私の頭が壁にあたる。気づけば私の上に馬乗りになっている男の圧は強いのに、唇にあたる唇はどこまでも柔らかく、舌で感じる男の舌は、とろけるようにいやらしい。

あ、咲く。暗闇の中に、花が咲きはじめる。

もし、男が耳元で連呼する私の名が偽モンだとしても、今、私にまたがっては息を荒らげる男の発情は、まぎれもなく私のもん。


ここは、トイレの個室。

密着する身体、掠れ声。

「フミ、カ」のカはお花。


その「カ」の音色に酔っていると、こんどは男の舌が私の耳の中を濡らしてく。まるで、獲物にでも食らいつくかのような勢いで、男が私を求め出す。耳に受ける激しいキスに身体が床へとズリ落ちそうで、男の胸を押し返す。

その手を、男の手がしっかり掴んで強引に下へと滑らせる。

デニム越しにも分かる男の興奮を、文字通り、私は愛でた。

男は焦った手つきでベルトを外し、そのものを私に握らせる。両手で包み込むようにして、私は男を直で上下に激しく愛す。

薄いドアをたったの1枚隔てただけの隣の個室に、誰かが入った気配がしたのと同時に、

「ッ」

外に漏れそうになった声を、私の口の中に移すようにして、男が唇を塞いできた。強い酒の残り香の中で、舌と舌とが生々しく絡み合う。柔らかくあたたかな感触にまぶたが落ちて、奥のほうで銀色の星がチカチカ飛ぶ。いつの間にか中に入っていた男の指が私の中をかき混ぜて、アルコールとエロスがどこまでも混ざり合って、あ、コレ、私を飛ばすッ。

ドッカイッタ意識で私は、悟る。

この1秒にも満たぬ瞬間が、男と女のすべてと思う。

チョロチョロと、隣で誰かが放尿しはじめた、マヌケな音。ゆっくりと目を開けると、男のまつ毛がまぶたを擦った。男のものを握った手が、先端からあふれ出た液でベットリと濡れていた。他人が垂れ流す弱々しい水の音を、ふたりで息を殺すようにして聴きながら、目と目をピタリと合わせている。

男の目のブラウンが、どんどん薄くなっていくように私には見えて、男の指が身体の中からダラリと抜けて、私を求める男の圧がガクンと一気に底まで落ちた。

「おまえさぁ、ナマエなんつーの？」

男の前髪を掴みあげ、耳に唇をすりつけて、私がそう聞いていた。初めて耳にする、自分のその声は低かった。ウ、と小さく唸っただけの男の髪を掴んだまま、今度は私が男の太ももの上にまたがった。髪を引っ張られているほうの目だけを痛そうにつぶって、「クリス」と男は小さく名を漏らす。

その音に、俺から僕へとガラリと変わった表情に、グワッと込みあげてくる熱いものがあったのだ。ひどく、乱暴な気持ちにさせられた。初めてのその欲望が、自分自身を溶かすように濡らしていくのを感じている。

「なに、自分だけイッってんだよ、はえーよ」

精子で濡れた手で男の顎をつかんで、嘲笑うように上から男を見下ろした。

嗚呼、可愛い。許しを乞うような目で、私を見上げる、だらしない男の顔。

心の底から湧いて出た「可愛い」という強烈な「刺激」を最後に、そこでプツリと記憶が落ちている。

私は白い天井を見上げながら、自分が怖くなって身震いする。主導権を握った途端に、あんなにも興奮するなんて知らなかった。続きが知りたくて、その後のことを思い出そうと目を閉じるが、探している映像は、まぶたの裏にも脳の中にも見当たらない。

奇妙な、感覚。怖くなる。

まるで、誰かに盗まれたかのように、そこからの数時間が私の中からポッカリと抜け落ちてしまっている。

酔って記憶が飛んだことなら、今迄にも何度かある。が、それとは明らかに何かが違っている。

残った酒によるけだるい頭痛もないし、それどころか、頭が冴えている。記憶が消える瞬間を、もっと言えばその時に自分が感じていた心情まで、鮮明すぎるくらいに思い出せる。

次に始まるのは、兄の声で「公美《サトミ》〜！」と名を呼ばれて目覚めたシーン。つまりそれはたったの10分前で、

「いつまで寝てんだよ、もう夕方だっつの！」

夜勤に出る前の兄がイラついた様子でドアをバタンと開けては閉めて出て行って、気づけば私

はいつものようにひとりでベッドの中にいた。

自分を「文花《フミカ》」と名乗った昨夜のこと。

丸ごと夢だったのではないかという錯覚にも落ちかけたが、それは違う。今だってバーにいた時に着ていた服のままだし、それ以上の証拠として、自分の手からは、明らかに、男の匂いがする。


「……クリス」


口に出してみたら、昨夜私はこの名を何度も呼んだ気がした。一瞬、思い出せそうな気がして、でもやはり何も出てこなくて、その気持ちの悪さに叫びたくなる。と、同時にハッとして、ベッドから飛び起きる。連絡先を交換しているかもしれないし、なんらかのヒントは見つかるはず。床に落ちていたバッグを拾い上げ、中からiPhoneを探し出す。

焦りすぎて二度も落としたiPhoneを拾いあげ、力んだ指でボタンを押す。

「あ――――ッ!!」

真っ黒な画面はビクリとも動かない。充電が切れている、というだけで発狂しかけている自分がいる。

猛烈に苛立っている。でも、同時にはしゃいでもいる。

イッてる自分を、もうひとりの自分が冷静に傍観する。

キレながら笑っている自分、たまらなく可笑しく思う。

iPhoneを充電器に差し込むと、今度はすぐに机の上のパソコンを開いて「クリス、モデル」と検索をかけた。

Googleの5列目に、彼のものと思われるインスタグラムのURL。タップすると、写真はすべてがモノクロ。8割がプロによって撮影された彼自身の写真。フォロワーは28・2k。最新ものは彼の顔面アップで、投稿は6日前。

ここに写るハーフの美青年は、確かに昨夜私が出会った男だが、最後に私が見たあの情けない顔とは、似ても似つかない。

悦びと興奮でドキドキしていたこの胸に、ザワザワとした嫌な波が押し寄せる。

男は、私からは遥か遠い世界の人に見える。いや、このページを見る限り、そうなのだ。

すべての写真に「いいね」が4桁つく彼は、明らかな成功者。無反応の海の中に自分の写真を投げ入れる、という自傷行為にうんざりして更新をやめた、フォロワー32人の私のインスタグラムが、自称モデルとしての私の現実。

もう二度と、会えることはないかもしれない。

真っ暗になりかけた視界の端で、小さな液晶画面が白く光った。すっ飛んでいって充電ケーブルをたぐり寄せ、液晶のド真ん中に浮かび上がった黒いリンゴを、祈るような気持ちで見つめている。

もし、この中になにもなければ、失った数時間の記憶とともに、すべては迷宮ボックス入り。失えない、と強く思った。男を、というより、この刺激を。

遂に幕を下ろした私の退屈が、また始まってしまうではないか。淡々と、この部屋の中で、時刻関係なしに続いてゆく果てしない時間を思い、私は既に絶望しかけて死にたくなった。

その時、

「フミカ」

声がした。

振り返ると、もちろんそこには誰もいない。男の、否、クリスの声で聞こえた気がした。空耳が聞こえるほどに、画面の中の美形モデルとリアルな繋がりを持ちたがっている自分に、泣きたくなる。

動揺しているのか、何なのか。ううん、きっと怖いのだ。ほんとうは1秒でも早くラインやらアドレス帳やらを確認したいのに、iPhoneのパスコード入力をもう2回もミスっている。なんて思っていたら、また間違えた。

手の中のiPhoneが誤入力を伝えるためにブルッと震えたのと、ほぼ同時に、ガタンッと大きな音がした。反射的にパッと後ろを振り返る。

人は、恐怖を感じすぎると声が出ないことを知った。

白いクローゼットの中から、黒いパーカのフードを頭にかぶった男が出てきたのだ。ワンテンポ遅れて、太ももにゾワッと鳥肌が立って、気づけば私は奇声のような悲鳴をあげている。困惑を顔面に浮かべた男はクリスで、唇の端に、赤い血が滲んでいる。

ファック中のたったの1秒が、男と女のすべてだなんて、悟った昨夜の自分はこの時死んだ。いろんなことをとっくにぜんぶ知った気になって、残りの人生のあまりの長さに絶望していた。

そんな私に、光がさした。

白と黒と、唇の端の小さな赤。

強烈なコントラストに、目眩《めまい》がする。

自分の叫び声が、この時を高らかに祝福する。


もし、男をクローゼットに押し込んだのがほんとうに私なのだとしたら、これはナニカの罠だ。そうとしか考えられない。だって、記憶など微塵もないし、自宅がバレるのは不都合でしかなかったはず、だし、意味がわからない。

でも、目の前の男はキョトンとした顔をしてそう言うのだ。

あまりの不気味さに、身体の芯が凍り付く。ウソを、ついているようには見えないのだ。

この男、クリス。そう、大丈夫。名前だって私はちゃんと知っている――。

なんとか正気を保とうと試みるが、全身の毛穴という毛穴が開いているかのような激しい寒気が止まらない。聞きたいことは山ほどあるのに、声を出すどころか、歯がカチカチと音を立てて震えている。

「叫んだ、と思ったら、笑い出して、で、今度はそんなに怯えるの？」

床に尻餅をついたまま動けなくなっている私の顔を、クリスが神妙な顔つきで覗き込んでくる。

眉間にシワを寄せると、目元がくぼみ、鼻筋の影が更に深まり、クリスは外国人にしか見えなくなる。

その、目はナニ？　何故、異質なものを見るような目が、私のほうへと向いているの。どう考えても異常なのはこの状況そのもので、その恐ろしさに腰を抜かしているのが私、なんじゃないの？

え？　あなたが見ている私は、誰――――。

鋭い目線に、目の奥を突き刺されていると、自分の名前さえ分からなくなってくる。こちらにまっすぐ伸びる長いまつ毛にまで責められているように感じて、今すぐに額を床にこすりつけて謝りたくなってくる。

違う。私はただ、このまま茶色い瞳にえぐられ続けるよりも、そっちのほうがずっとマシだからそうしたいのだ。でも、身動きが取れない。まるで目が合う者を岩にしてしまうという妖怪みたいに、
え？　私が見ているあなたは、誰――――。

違う。今、私が最も怖がっているのは、彼にでも状況にでもなく、自分自身に対してのような気がしている。

だって、その怪我、誰に――――？

ガチガチと震え続ける奥歯をグッと噛み締めると、頬にブワッと鳥肌が立った。

「ほんとうに、なんにも覚えて、ッ」

そこまで言ってから、切れている唇が痛んだのかクリスは顔を歪め、左頬を庇《かば》うように手をあてた。


目の前でひらりと返された、男の手。指の平についた、真っ赤な血。

興奮にも似たショックを受けると同時に、なにかを思い出しかけた。


脳内に突然現れた残像のようなものは、ぼんやりと赤く、たぶんそれはトイレの内側の壁の色で、クリスと私がいるような気配があった。

そこで私たちがいやらしいことをしたことは覚えている。射精をした後でガクンと力が抜けたクリスのことを、何故か「可愛い」と強烈に思って、抜け落ちた記憶は、その、先だ。

ピントが合いそうなところで、赤くぼやけた世界が消えかかる。逃がすまい、と目をきつく閉じる。と、一瞬、見えた。

それは、腕を振り下ろした直後の私の、視界を留めた一枚絵。

右手中指にはめているクロスのリングが、クリスの唇の薄い皮を引き裂いた。

あまりのショックに目を見開くと、込みあげてきたのは吐き気だった。胃から喉へと、一気に逆流してくるものを感じて、

「オエッ」

あっという間に口の中に溜まった嘔吐物を、とっさに飲み込もうとしていた。クリスの目の前で吐きたくない、と思うより先に、そうしていた。今にも漏れ出そうなものを押し込むように口を両手で押さえると、臭いと感触とが混ざり合っては口の中に充満し、吐き気に猛烈な追い打ちをかけてくる。

口を押さえた指のあいだからソレが漏れ出た瞬間、私は目の前のクリス突き飛ばし、視界の奥に見えるバスルームのドアへと一直線に走っていた。

少しだけ間に合わず、トイレの床のタイルにも飛び散った。顔を下げると、更なる吐き気に襲われる。

苦しくて、苦しくて。ただただ涙が、汚れた顔面を伝ってゆく。

苦しくて、苦しくて。吐くものが底を尽きても、まだ苦しくて。止まるところを知らぬ吐き気に無理矢理押し上げられてきた少量の胃液が、口中を酸っぱく染めて。その苦しさにまた、涙が出て。目をあけていることすらだるくて、まぶたが落ちて。そしたら、ジャアーッと水が流された音がして、水しぶきがまぶたの上にも飛んできて、気持ち悪くて気が狂いそうなのに、それを

拭うための清潔な手すら、どこにもなくて――――。

「……息、してる？　息、吸って？」

後ろから声がして、言われた通りに口から空気を吸い込む。私の背中を、ゆっくりとさすり出す、大きな手。背骨の位置を伝えてくるほどの圧がある、その手の温もりに、

「ぁ、ああ、あああ、あぁッ」

口から声が、目から涙が、あふれ出た。堕ちないように、両手で便座にしがみつく。

記憶が戻るのを待つまでもなく、謎が解けたからだ。ウソをついて咲かせるつもりだった花が、私に突きつけてきたのは現実だった。人生に退屈するレベルまで、目を背けることに成功しかけていた、否、セメントで固めて蓋をしたはずの過去だった。


私は、腹の底から泣いていた。


首の付け根から腰にかけて、あたたかい手がゆっくりと上下する。その優しいリズムに、導かれるように目を覚ます。

視界を埋めるのは、ザラつきのある、よく見慣れた白い壁。枕と頬のあいだの自分の髪は濡れていて、洗い立てのシャンプーの匂いが鼻先を強く刺激する。

どこまでも清潔な、シャボンの香り。

吸い慣れたいつもの自分の空気に、ひどく安堵する。私は全裸で、ふんわりと柔らかな布団の中は、すぐ後ろにいるクリスの体温であたたかい。

「……忙しい、女の子だね」

耳に、息がふきかかる。

「誘惑して、セックスして、暴れて、殴って、連れ去って、閉じ込めて、」

まるで、歌っているかのような発音で、クリスが喋る。

「叫んで、笑って、吐いて、泣いて、気を失って、眠って、」

まだ、朦朧としている意識の中で、私はその歌を心地よくぼんやりと聴いている。

「――そして目覚めて、また、する?」

背中をさすっていた手の平が、腰から、下へと下りてくる。円を描くように、私のお尻を撫ではじめる。少しずつ、乱暴に。柔らかな肉を揉むように、荒く、でも滑らかに撫でまわす。

指の先で、後ろからアソコのラインをそっとなぞってくる。

「……ン」

濡れた髪から香り立つシャボンの中に、自分の甘い声が混ざり出す。なぞられているだけで、蜜があふれはじめたその中に、なかなか指を差し込んでくれないことに焦らされる。

腰を自らくねらせて、はやく挿れてと乞いながら、さっきの歌詞を頭の中でなぞっている。その、どこで逃げ出してもおかしくないのに、目覚めはじめたばかりのこの身体を、後ろからあたたかく溶かすように可愛がってくれる、この男は誰なのだ。

嘔吐物にまみれたベトベトに汚い私を、丸ごと石鹸で洗ってくれた、この男はどこからきたの。鮮明に思い出してしまえば、私を必ずや壊す、過去の出来事。脳裏の奥にべったりと張り付いた、血だらけの映像。自分で自覚していた以上に、危うい現状。

ソレを突きつけられるキッカケとなった男は、ソコにモヤをかける唯一の方法を熟知してくれている。いったい誰が、この男を私に運んできてくれたのだろう。

「ナマエを、呼んで？」

男が言ったのか、自分が言ったのか、分からなかった。どちらもなにも、答えなかったが、それでよかった。

後ろから差し込まれた男の指が、内側から私を、探り当てる。

「……」

言葉よりも、遥かに確かに、自分が存在することを実感する。

「……ッ、もっと、……もっと深く、ッ」

私の中から、クリスの指が、滑り落ちるように抜けた、と思ったらもう一度、

「ンァッ！！」

今度は２本、奥まで一気に差し込まれる。

「……キモチイ」

私の中で、角度をつける第一関節に、言葉が漏れる。

「キテ」

男が、くる。太いものが、身体の真ん中に差し込まれる。

背中一面にクリスの体温を、子宮の入り口にクリス自身を、同時に感じて境界線を見失う。

私たちは布団の中で、ひとつになる。

まるで、ゆりかごを揺らすように腰を動かす男のリズムに、溶けるようにトロンとまぶたが落ちる。身体を合わせることで、私たちは、同時に互いを実感し合う。身体の芯が内側からとろけはじめると、目からツルリと涙が落ちる。


無色透明。

さっき私が嗚咽しながら垂れ流していた液体とは、まるで種類の違う、綺麗な水。体温とピタリと同じ温度のそれは、頬から首へ、ただただ滑るように伝ってゆく。
この柔らかく淡い快楽の波に身を委ねたまま、これですべてが終わればいいのに。静かに願いかけた頃、身体の奥に、ビクンと脈打つ振動が伝わった。

男の白い体液が、私の中へと、放たれた。

もし、ほぼ他人の男がなんの躊躇もなく体内に射精したら、女はどう思うのだろう？　翌月の不安を思うだけで、セックスの興奮から冷静へと、一瞬にして針がパチンと振り切るだろう。未来を生きる前提でいる、まともな女ならば、絶対に。

でも、私にとってその体感は、生のピークだった。

他人が到達できる限界のトコロに注ぎ込まれた男の体液に、身体の内側が泣いて喜んでいて、その震えるような振動は、心にまで伝わった。
それなのに、それなのに、私の隙間をピタリと満たしてくれていたものが、後ろからゆっくりと抜かれてく。

まだいかないで、とママのスカートの裾を握る少女の手のように、寂しさから膣に自然と力が入る。けれどそれはツルリと、私の力弱い束縛を一瞬にしてすり抜けた。

「……ァ」

彼が私から完全に去ってしまうと、あまりの名残惜しさに声が出た。注ぎ込まれたばかりの熱いものが、その空洞から太ももへとだらしなく流れ出る。

自分のももの内側に腕を伸ばして、トロリとあたたかいそれに触れる。後ろから腕をまわしてきた彼が、彼自身の液で濡れた私の手に手を、重ねてきた。そして、乱れた呼吸のリズムを肩で小さく刻む私を、大きな身体で包み込むようにして抱き締める。


その後の私はまるで、ミルクを与えられた子猫だった。


横向きに寝転んだ私の背面にピタリと張り付く、あたたかな体温を持つこの人こそが、世界唯一のご主人様。

彼の重たい腕の中で、窮屈な身体をクルリとよじって回転させた。彼の汗ばんだ胸に、頬がピタリと吸い寄せられた。皮膚の奥で脈打つ心臓音にまぶたが落ちて、鼻先をくすぐる汗の臭いに舌が出る。ぺろぺろと、淡いしょっぱさを味わうように舐めていると、舌先が小さな乳首を探り当てる。ちゅう、と唇で包み込むようにして吸い付くと、上からふわっと、彼の息が額にかかる。

にゃあ。

悦びに鳴くような気持ちで、私は目をあけた。頭の上から私を見下ろす彼を、私が見あげる。長いまつ毛を伏せて、目を瞑るようにしてうっすらと私を見つめるその瞳を、にゃんにゃんじゃれ合いたい一心で見つめてみる。そしてまた顔を下げ、ちゅう、と乳首を軽く吸ってみる。

彼の喉を通って私へと吹き下ろされる彼の息は、生あたたかい蒸気のようで、うっすらとタバコの苦い香りがした。もっと近くでそれを浴びたくて、乳首から胸へ、鎖骨から首へ、耳から顎へ、と隙間無くキスをしながら彼の身体をゆっくりとよじ登る。

唇の柔らかな肉で感じる、彼の顎の無精髭。それから、頬の、なめらかな肌の感触と――。彼を味わうことに夢中になっているあいだに、彼の呼吸はどんどん荒くなっていて、彼の脚のあいだに差し込んだ太ももの皮膚が、彼のものが硬く大きくなっていることを伝えてくる。

唇を頬から浮かし、彼の鼻先に自分の鼻をくっつけて目を閉じる。彼の唇から漏れ出る息を吸い込むように、自分の半開きの唇をそこにそっと押し当てる。

押したぶんだけ跳ね返される、彼のぽってりとした唇がとてもきもちいい。感触を確かめるように、弾力を自分の唇の薄い皮膚に記憶させるように、何度も繰り返し押し当てる。うっすらと開かれた彼の唇の隙間に、吸い寄せられる。とろりとなめらかに熱を持つ、口の中の粘膜の感触に、私の唇の隙間が誘い込まれる。

合わさった唇の隙間と隙間が、少しずつ開いてく。口と口との世界の中で、私たちは、舌と舌とで互いを感じ合う。乱れる息までその中に交わって、やがて鼻から空気を吸い込む余裕を失っていく。それでももっと、もっと、奥の奥まで溶かし合いたくて、キスが、深く長く、果てしなく続いていく。どこからも空気を吸えずに、意識が朦朧としはじめて、死にそう。

「ッハ」

終わりを見失ったキスから顔ごと背け、口から空気を思い切り吸い込んだ。溺れかけていたところからやっと陸に這い上がった人間のように、全身で息をして、身体に酸素を送り込む。

そんな私の身体の上に、彼が覆いかぶさって、また唇を奪おうと顔を近づける。横を向いて拒むと、頬を下から上にぺろりと舌で舐めてくる。

「ハァ、ハァ、」

部屋の中に、私が息をする音が響いている。

「なんで、泣くの？」

泣いていないと伝えたくて、でも声が出なくって、ただ首を横に振る。

目から、水が勝手に落ちてくのと、泣くって、ぜんぜん違くない？

感情を伴わない、これはただの水なんだよ。

たぶん、昔の、昔のやつ。昔、哀しくて溜め込んでいたやつ。

それが今、癒されて水になって、外に出ていってるだけ。だから、涙は目から出ているけど、心は今、まったく痛くない。

心の中でそう思いながら、言葉にはせずに彼を見つめると、

「そか」

彼は一言そうつぶやいて、私の両脚を自分の肩へとかつぎ上げる。

「ん」

返事をしたと同時に、身体の真ん中に突き刺される。

「ア、ァ、ァア、ァアッ」

私の軸が、彼によって埋められる。

「アァーッ」

泣きながら、鳴きながら、私は、両脚を彼の肩にのせて、両腕を彼の首にまきつけて、何度も何度も絶頂を迎える。そして最後にミルクを、奥に、注いでもらう。

すっかり部屋は夜の闇に包まれて、暗くなっている。トクトクトク、と彼の心臓が脈打つ音がする。私はそのリズムに癒されながら、舌先でまた彼を味わうようにチロチロと肌を舐めはじめる。

「子猫ちゃん」

そう呼ばれ、頭をイイコイイコされて、すっかり甘え切っている私の脚のあいだは、ご主人様の精液でびしょびしょに濡れている。

「君はもう、僕から離れられないよ」

はい、と返事をする代わりに、彼の乳首をちゅう、と吸う。でも、上から男の甘い息は、もう下りてこなかった。

「君の家がどこだって、本当のナマエがなんだって、僕には関係ないんだよ。もっと言えば――」

代わりに、やけに饒舌になった男の言葉が頭の上からふってくる。リリックみたいに甘い台詞に目を閉じて、彼の乳首を口の中でころがしてる。

「君の昔の恋人が、揉め事の末に殴り殺されたことも、その場に君がいたことも、――

「……」

目が見開き、

「すべてを見ていた君の中に暴力がこびりついてしまったことも、」

「……」

口が彼から離れ、

「ぜんぶを一度外に出して、溶かして、忘れることができそうでしょ?」

もう一度まぶたを閉じると、痛みを伴う涙が目からこぼれおち、

「だから僕から君はもう、離れることができないね」

はい、と返事をする代わりに、ちゅうともう一度、彼の乳首に吸い付いた。

「あと、これは比喩ではないんだけど、小さなハートの粒をね、君のショットに溶かしたよ」

ちゅうちゅう、吸いながら、彼のリリックを音楽として聴いている。

「昨夜は3錠。君には少し多すぎた、ごめんね。君は、ウソついて、誘惑して、セックスして、暴れて、殴って、連れ去って、閉じ込めて、」

前にも聞いたことがあるメロディを、彼が奏でている。

「叫んで、笑って、吐いて、泣いて、気を失って、眠って、またもう一度して、甘えて、泣いて、また3回目をして、何度もイって」

涙に濡れ続ける顔面を彼の胸に押し付けて、おしゃぶりをくわえさせられた赤ちゃんみたいに、彼の乳首を吸い続ける。と、遠くから、睡魔が近づいてくる気配にけだるく全身が包まれ出す。

大きくてあたたかい彼の身体が、ゆっくりと私から離れてゆく。

「かわいそうに、辛い目にあった、おてんばな子猫ちゃん、ミルクに飢えたら、いつでも僕が届けるよ。そうだね、君には2錠がちょうどいい。初回は無料で、僕からのギフト。僕も、たまたまあの場に居合わせて、だからバーで見かけて君だとすぐに分かった。これもなにかの、縁だよね」

眠りに堕ちていっている自覚がある、最後の数秒、意識が冴える。なにかを思いつくのはきまって、ココ。

誰かを殺《や》るとか、そんな怖いことじゃないわ。むしろ、その逆。仕事から帰宅した兄が驚いた顔をして開けたドアから、パーカをかぶった後ろ姿で帰っていくハーフの男に、この身をジワリジワリと甘苦く、でも確実に終わりまで、滅ぼしてもらうってだけのこと。

Lesson

# 05

## のたうち回れ。

もし、本気なら
そうなるの。

もし、恋人と待ち合わせている深夜のカフェにて、仕事が長引いているという内容のメッセージを受けとったら、あなたならどう返信する?

ここは初めてデートをした場所で、ちょうど半年前の今くらいの時間に、私たちは出会った。

ザワめきはじめた胸が苦しい。目を閉じよう。

救急外来の外に出て、白衣の胸ポケットから携帯をこっそり取り出して、申し訳なさそうにこのメッセージを打ち込んだ彼の姿が、浮かんでくる。

今夜はもう会えない可能性が高いことと、それでもまだ会いたい意思はあるからキャンセルはしないこと。その二つが文章から読み取れた……。

私の胸は、張り裂けそう。それでも、「大丈夫だよ。頑張ってね」が正解? だよね。分かっている。でも、あまりのショックに一瞬息ができなくなったことは、今は伝えなくてもいいのかな。本当に?

――――会えない。

たったそれだけで、目に溜まってゆく涙は、どこにふり落とせばいい?

なにも、センチメンタルな心情に、浸っているわけじゃない。そんな余裕があれば、そもそも涙ぐんでなどいない。

その証拠に、化粧水からチークを挟んでプレストパウダーまで、すべての過程を丁寧に踏むことで艶やかにつくった頬は、濡らしたくないと冷静に思ってもいる。

もし、まだ、会える可能性がゼロではないのなら……。

どう、返事をしようか迷いながらスマホを手にした瞬間、またラインが飛んできた。

「エリ、本当にごめん。当直医が足りていない状況で。この埋め合わせは必ず……」

張り裂けた、胸が。

続きを読むために画面をタップすることさえ、できなくて、今度は考えるより先に、涙が頬を伝っていた。

完璧にしあげた身体をラブソファ席にひとり、持て余して始まる、長い夜——。

「大丈夫だよ。頑張ってね」と、ようやく返事を打つことができたのは1時間くらい経ってからで、そこからさらに彼の〝既読〟がついたのは、朝の7時頃だった。

「表裏一体の法則に気づいた人は、天才ね」

息をすることさえ苦しくなるほどの恋の辛さと、
胸が隙なく満ちゆく愛の悦びは、まるで地獄と天国。

なのに対極なそれらの、根っこは同じ。

相手を好きな気持ち、たったのひとつ。

想いが肥えれば肥えるほどに、苦しさも嬉しさも、ともに同じだけスクスクと反対方向に枝を伸ばして育ってゆく。両極へと距離を広げ続ける振り幅の上を、私の心は行ったり来たり。走り回っては、のたうち回る。

いいとこどりなど決してできないように、世界はきちんとつくられている。

「それはフェアだと、安心すべき？」

3週間ぶりに、遂に会えた隼人にピタリと寄り添いながら、そんな話をしている。

ここは彼の部屋。病院の目の前のマンションに越して2年が経ってもソファを買いそびれ続けている、という彼のベッドの上。

「それとも、甘いだけじゃいられないことを、なげくべき？」

ノースリーブを着た腕に感じる彼のシャツ越しの体温が、あたたかく心地よく、自分の声がまるで自分のものではないかのように、甘く響く。

「……まあ」彼のいつものそっけない返事が、くすぐったくなるほど、耳に近い。それだけで私の胸は、躍り出す。

「ねぇ、どうしてラインだと優しいのに、すぐそうやって冷たいことばかり言うの？」

笑いながら顔を背ける彼の首に、腕を巻きつけて抱きついて、分かっていることをあえて聞く。

「そうか?」目の前で動く唇に、チュッと自分の口を軽く押し当てる。

大好きよ、そういうところ。照れ屋で感情をストレートに出すことが苦手なのに、互いの顔が見えない時は、なんとか言葉で、私を安心させようと頑張ってくれる。

「会いたかった。ものすごく。会えないと分かったこの前の夜は、息が止まりそうだった」

どうしてだろう、ニコニコしながら話しはじめたのに、言いながら涙が目に溜まってしまう。

「……」少し困ったような目をした彼が、切なそうに小さく笑ってみせる。

「だから、会えて、すごく嬉しい……」

想いを告げると、潤んでぼやけた視界が彼だけで埋まってゆく。そして、優しくキスされる。

すぐに唇を離した彼の顔を、私は両手でそっと包み込む。

「ねぇ、どうして、困った顔?」目の奥を覗き込むようにして聞くと、

「いや、ただ、困惑してるだけ」彼が目線を私からそらす。

「困惑?」

「や、そうやって、気持ちをそのまま口に出して伝えてもいいってこと……」

聞き返すように顔を傾けると、彼は子犬のような目で私を見て、

「……君に会うまで、知らなかったから」

「……」彼の頬から手を離し、自分の顔を覆って、私は泣いた。

彼の自分への愛を実感すると、どうしてだろう、涙が奥から込みあげる。

私のことを好きな彼が切なくて、愛おしくて、悲しくなるくらいに嬉しくて。

彼の手が、私の手首をそっと摑んで顔から離す。きっと涙で、化粧は崩れている。そう思ったら急に、彼の目をまっすぐには見られなくなる。

「……」

部屋の照明が、落とされて、彼の長い腕にぐるりと後ろから、抱き締められる。右の首筋を這う彼の唇が気持ちよくて、自然と頭が左に落ちる。自分の肩へと流れた長い髪を、彼がすくいあげるようにして、私の頭を右へと倒す。指先に入った力が私に、彼が興奮していることを伝えてくる。露わになった左耳を、彼は舌先で、焦らすように丁寧に愛撫する。

「……ンッ」耳の中が、こんなにも敏感なこと。彼と出会うまで、知らなかったこと。

耳だけで、あふれるほどに感じてしまった私に気づいているのかいないのか、彼の腕が私の肩越しにおりてくる。耳へのキスを続けながら、手を上からパンツの中へと滑り込ませると、指先が器用にソコを探り当てる。

彼はいつも、１ミリの狂いもなく、クリトリスの中心をピンポイントで触れてくる。

「アァッ！」液で指を滑らせるようにして、敏感なところを何度も優しく刺激され続け、

「アア、アアン、アアアアッ!!」

気が狂ったような声を抑えることができなくなった頃、彼は耳から唇をやっと離す。そしてそのまま、私の背中に覆いかぶさってくる。押されるままにだらしなくベッドにうつ伏せになった私の髪を、右手で掴み、左手で下着ごとパンツをずり下げて、彼の大きなものをバックから一気に突き刺してくる。

「ッ!!」身体の奥の奥を突かれた重い衝撃のあとで、電流のような快感がビリビリと体内を駆け抜ける。

「イヤッ」これ以上されたら、私のすべてが壊れてしまいそうで怖くなる。彼の手が、私の頭をシーツへと押し付ける。その荒さに、私の中の何かがまたひとつ壊れてく。

「ゥアッ、アッ、アアッ、アッ」

とめどなく激しく突かれ続けながら、顔を埋めたシーツの中に、声にもならないうめき声を漏らし続ける。

永遠に続くか、このまま死ぬか。

どちらかが良いと思ったそばから、朝がもう来て夜が消える――。

真っ黒なカーテンが、光を遮る寝室にいる。隣で眠る、キレイな寝顔を眺めている。何故、彼がこんなにも私を狂わせるのか。子宮に残る余韻の中で、私は改めて身体で感じている。

「しばらくまた、忙しくなりそうなんだ」

キッチンに立ったまま珈琲を手に、白いシャツを着た彼が言う。

「……」うん、大丈夫だよって、言おうとしたのに気持ちが落ちる。

「ごめんね」謝りながらハグをされて切なくて、また涙が目に込みあげる。

「アァ、片想いの苦しさなんて、両想いの切なさには、勝てないな。期待しかしていないぶん、死にそうになるの」

潤んだ目で彼を見つめて、心にあるそのままの気持ちを声に出す。

「期待？　エリは何が欲しいの？」

急に真顔になってそう聞いてきた彼に、涙が引いた。隼人との結婚を望む女なら、私以外に何万人といるだろう。でも、私が欲しいのはそんなものじゃない。

頭にきたので胸を軽く突き飛ばすようにして腕から逃げると、「なんなんだよ」と後ろで彼が短く笑う。

「じゃ、行ってくるね。鍵は、ポストに入れといて」

まるで新妻のように、玄関で彼を見送ってみる。

「はい、お医者様。たくさんの人を助けてあげて。尊敬しています、心から……」

そう言ってキスをすると、

「その、飴とムチ使い……。俺のほうが、不安になるよ」

名残惜しそうに、彼が私をまた抱き寄せた。


目の前で閉まったドアの前で、目を閉じて願ってる。

私のことを、もっともっと好きになって。会えない。

それだけでのたうち回っちゃうくらい、私を欲して。

あなたに期待しているのは、その気持ちただひとつ。


もし、多忙な恋人を持ってしまったら、あなたならどんな手を打つ？

会えない時間が「好き」を肥大化させてゆくのを、ジッと座って、感じてなんかいられない。

このまま私の気持ちだけが膨らみ続ければ、このシーソーは止まってしまう。

頭に、浮かぶ。子供の頃に遊んだ、近所の小さな三角公園。背景の空は、今の気分のブルーグレー。私の重さでビクとも動かなくなったシーソーの上に、またがる隼人はまだ子供。汚れた黒いコンバースを、つまらなそうに宙にぶらぶらさせている。

「待って」ととっさに伸ばした腕の先には、今の私の爪の赤。ピョンッと飛び降り去ってく隼人も大人で、白衣姿。

マヌカハニー配合、の文字がぼやけて見える。コスメの資料で埋めていた視界が、涙でゆがむ。気づけば会社で泣きかけている自分に愕然となった次の瞬間、

「エリさん、ＴＸコスメの敦子さんがロビーにいらしてます」

背後から後輩のサクラの声がして、一気に現実へと引き戻された。

「あ、了解！　すぐ下りる……」

打ち合わせがあることすら、すっかり頭から抜けていた。出社時には覚えていて、成分表を見ていたのも新作のプレゼン方法を考えるためだったのに――。

何をしていても隼人のことを考えることがやめられず、すべてがこの恋一色に染められて、大切な仕事のことまで脳から落ちる。

散らばった資料を慌てて束ねながら、ホチキスで留めようと思っていたのに引き出しの中にも見つからなくて、額にイヤな汗をかく。

クリアファイルに押し込んだ資料を胸に抱え、エレベーターに乗り込んだ。ロビー階のＬを押すために手を伸ばすと、腕に提げた紙バッグの取っ手が食い込みキリリと痛む。打ち合わせで必

要なのは美容液のみなのに、オイルやバスソルトなどのサンプル品もすべて、手元にあるだけ持ってきてしまっていた。……。

バランスが、完全に崩れている。このままではダメだ、と泣きそうな気持ちで思った私は、手に持っていたスマホに光の速さで文字を打ち込む。

『今夜、なにしてる?』

エレベーターのドアが開く前に送信し、「遅くなってごめんなさい」と営業用の困惑スマイルで詫びながらスマホは即、ポケットにしまう。打ち合わせが終わる頃には、良い返事がきていることだろう。

いつも、そうだから。隼人とは違って、すぐに返事を、それも期待通りの返事を、きちんとくれるヒトだから。

――どんな精神安定剤よりも効く、他の男という存在。

ラインを1件入れただけで、既読がついたかどうかを確認する必要もなく、すでに効果があらわれる。ソファに腰掛けた私はスラスラと、「弊社が新しく開発した美容液」の素晴らしい効能を説明しはじめる。

「ほんとうにお恥ずかしいのですが、さっき慌てていたらホチキスがあるべき場所に見つからなくて……」と、資料をファイルごと手渡すと「めちゃくちゃ仕事ができるエリさんの、そういうちょっとヌケてるところ、可愛いです」とまで言われてしまう。

会話がはずみ、美容液だけでなく慌てて持ってきてしまったバスソルトの契約までが、この場で決まる。

エステティシャンを経て、コスメ開発の小さな会社を立ち上げて3年目。TXコスメをはじめとするセレクトショップでの売れ行きが伸びている、とても大事な時期にいる。来年には、初の店舗を出そうと思っている。

心からの笑顔でエレベーターに乗り込むと、スマホのほうにも良い通知。

『連絡嬉しいよ。20時には出られる。会社まで迎えにいこうか？』

こうして私は、平常心を取り戻す。

どんなに恋に溺れかけていたとしても、情緒不安定になる余裕など今はない。だから私は、浮気をすることで手を打った。あまりにも好きすぎて、すぐに隼人で全身がいっぱいになってしまうのだ。

抜け穴、必要。

約束の時間通りの、会社から一本裏通り。停車する黒いレクサス、タカハシの車。

運転席のほうにはあえて目線は向けずに、でも車内からの彼の視線は意識して歩き、助手席のドアを静かにあける。隼人と出会って以来、今日まで一度も連絡もしていなかったので、会うのは半年ぶりになる。

車に乗り込みタカハシを見ると、

「……エリ、久々」

目線だけを私に向けてそう言って、横顔ではにかむ。切れ長の目に、通った鼻筋、無精髭。白いシャツに黒い細身のパンツを合わせた、いつものタカハシ。

昼間はエステサロンで働きながら、起業資金を貯めるために夜の銀座にいた頃、知り合った。先輩に連れられてきたタカハシと私は同じ年で、すぐに意気投合した。

4年が経って、ともにもうすぐ30になる。あの頃と違うのは、当時話していた通りにそれぞれ会社を立ち上げて、タカハシにおいては、宣言通りに去年株式を上場させたこと。

「ね、久しぶりね。お元気そうで」

ドアを閉めた音が、思っていた以上に大きく響いた。車内に二人きりだということを、互いが意識したのが空気で伝わる。

「飯でも、食う?」

「ん、いいや」

「映画、いく?」

をする。

「やめてよ」

「ドライブ、するか」

「もう、いいってば」

互いに吹き出し、目が合うと、笑いがやむ。どちらからともなく、私たちは顔を近づけ、キスをする。

タカハシの細くて長い指に頬を包まれると、自然と唇がゆるんでく。その中に、舌だけでなく、人さし指をゆっくりと差し込まれる。根元にはめた指輪を下唇に押し当てるようにして、口を大きく開かされる。

「ァ」

間抜けな声を漏らした私からタカハシは唇を離し、男になった目だけで笑う。私は口の中の彼の指を、すっぽりとくわえて目を閉じる。彼はそれをゆっくりと口から出したり入れたりしながら、いやらしく溶けていく私を舐めるような目で見つめてくる。

最後に指を口から完全に抜ききると、ダラリと唾液が口から垂れる。濡れた顎をタカハシが親指の腹でサッと拭って、行為が一度、突然終わる。

ハンドルに手をかけ車を走らせるタカハシの横顔は、まるで興奮などまだ一度もしていないように涼しげで、スイッチを完全に入れられた私だけが隣の席で火照っている。

「……音楽、あいかわらず流さないのね」

「無音が好きだね」

「なんか、落ち着かないな……」

「落ち着かないのは、そのせいじゃないだろ？」

ハンドルから外れたタカハシの左手が、私の太もものあいだにおりてくる。右折レーンにスムーズに入り込みながら、もう片方の手では乱暴にスカートをたくし上げる。パンティを脇に寄せて、直接割れ目に触れてくる。

「相変わらず、感度いいな、エリ」

「……やめて」

「やめてじゃねぇだろ。もう濡れていいって、誰が言った？」

「……ごめんな、さい」

謝りながら求めている私を知りながら、指を中には挿れてくれない。あふれた液で濡れる表面を指先でいじりながら、わざとピチャピチャと音を立てて、タカハシは私をイジメ続ける。彼が私といる車内に音を流さないのは、確信犯だと今気づく。

「ア、ァアン」

「アホみたいによがっちゃって、そんなになんか挿れて欲しいの？」

「……やめ、て」

「言えよ、ほら。挿れてください、は？」

「……。もう、待てない、私、待て、ない」

「……可愛いね、おまえって」

ここが何処だか分からない。暗い道の脇に、車が停められて、タカハシが私の上に覆いかぶさってくる。大きな身体に押し潰されながら、その重みにすら感じてしまう。ずっと疼《うず》いていたところに、ついに指を差し込まれた途端、イきそうになる。

シートが後ろに倒されてゆく。中をグチャグチャにかき混ぜられて、あまりの気持ち良さに叫び声をあげてしまう。タカハシはゆっくりと身体を離して、指を抜くと、びっしょりと濡れたそれを私の頬に撫でつける。

「上に乗れよ、エリ」

「……はい」

でもまずは、タカハシが座るシートの下に、挟まるようにして正座する。ベルトのバックルを外し、パンツを下げて、目の前に飛び出たそれを口に含む。

髪を掴まれながら、何度も吐きそうになりながらも根元までくわえ込む。苦しくて目から涙が出るほどなのに、服従する歓びに酔いしれる。

「もういいよ、乗って」

パンティを脱いで、タカハシの上にまたがる。自分でそれを手で掴んで、自分の中へと誘導すると、

「アァァッ!!」

タカハシが腰を浮かせて、一気に奥まで突き上げた。

タカハシの首に両腕を巻きつけて、彼の耳たぶを噛むことで声を殺しながら、私は腰をすりつけるように振り続ける。すると、タカハシの両手が私の尻を鷲掴みにして、上下に動けと指示を出す。疲れて動きが弱まると、パチンと尻を叩きながら、いつまでも腰を振るよう命令する。

その意地悪さにたまらない興奮を覚える私は、覚醒する。

まるで壊れたオモチャのように、うめき声をあげながらタカハシの上で動き続ける。

バッグの中で、携帯が鳴っている。隼人からだ、とすぐに分かる。初めて、だ。この半年間で今、私は初めて隼人からの着信を無視することができている。

自ら他の男にまたがって腰を振り、身体の中心をタカハシで埋めながら、心の底から安堵が込みあげてくるのを感じている。

喘ぎ声と乱れた息と、デジタル音とが混じり合う車内のガラスが曇る中、私と隼人の透明なシーソーが、また静かに揺れを取り戻す。

ねぇ隼人、信じてもらえないかもしれないけれど、こんなになっちゃうくらいに、私はあなたが好きなのよ。

もし、恋愛に駆け引きなど必要ないというのなら、どうして突然隼人から、こんなに連絡がくるのだろう。いつもはすぐに電話に出る私が昨夜は出なかった、というそれだけで。

いつもなら連絡皆無な土曜の昼に、隼人が1時間置きに電話を鳴らす。

相手を不安にさせるという方法は、有効なのだと改めて思う。どこかで読んだことがある。特定の誰かに対してソワソワと揺れる心は、恋をした時の動きに似ているので、やはり自分はこの人のことが「大好き」なのだと錯覚させるらしいのだ。

バカみたいね。その、偽物の真珠みたいに軽い価値。

不作為な駆け引きの効果を爆発させるiPhoneを、ひどく悲しい気持ちで枕の下に隠して目を閉じる。

セックスすることを願ったのも、誘ったのも、興奮したのも、すべて私なのに。それなのに。ナニカが擦り減ったような感覚が、ジワジワと私を沈ませる。マンションの前まで送ってくれたタカハシと別れてから、数時間の睡眠を挟んで6時間以上が経った今も心にかかるこのモヤは、薄まるどころか濃くなっていく。

何度も突き上げられた身体の奥にしばらく残っていた快楽の余韻は、もう消えた。だけどその重みのぶんだけ、心の壁に穴でも空いたのか。

ふさぐべき小さな穴が何処にあるのか分からぬままに、ゆっくりとしぼんでゆく風船のように、気持ちが少しずつ堕ちてゆくのを止められない。

自分の手で男をそこに招き入れ、足りないものをピタリと満たしたはずが、そこにあった何かを奪われたようにさえ感じている。

「女のほうが、得だよな」

昨夜、玄関から直行したバスルームで、太ももについた精液の残りを洗い流していたらタカハシの言葉が蘇った。

「だって、終わってからもずっと気持ちいいんだろ？　ここ」

その意地の悪い言い方に、いやらしい目つきに、そして言いながら挿れられたその指に、溶けるほど感じて悦んでいたのは他の誰でもないこの私。

それなのに、ひとりシャワーに打たれながら指先に男のぬめりを感じていたら、タカハシのプレイが時間差を持って心を蝕《むしば》みはじめたのだ。

「イジメられて、こんなに感じて、スケべな女だな」

……。利用したつもりが、逆に利用されたような気持ちになっていく。

セックスの余韻が身体に残る女と、残らぬ男。

「ん、気持ちぃぃぃ。アンッ、うん、そう、ソコ。ずっと奥が、気持ちぃぃの。ズルイ？　でも次もまた、男に生まれたいと思ってるくせに」

その場ではそう答えたくせに。上機嫌だったくせに。何故、今更こんな、気持ちになる？　タカハシと過去にもっとハードなプレイをした後も、こんなふうに落ち込むことはなかったのに。

「まぁ、確かに。女に生まれたいと思ったことは、ないかな」

……。あの時、すぐに言葉を返せなかったことが、悔しくなる。女であることが不利だと感じている今だって、次は男に生まれたいとは思わない。

女として生きながら、男に負けたくないからだ。

虚しさが悔しさへと変わり、闘争心に火がつくと、脳が覚醒し出して元気が出た。「隼人……」

するど急に、私は枕に顔を埋めて泣いている。

不安にさせることで人を恋に落とす駆け引きが有効なのだとしたら、まるでブーメラン。グラグラと不安定になった心の中で、やはり私はこんなになるほどに隼人のことが大好きなのだ、と改めて深く思って泣いている。

腕が自然と下に向かう。昨夜タカハシがしたように指でパンティを脇にずらして直に触れると、割れ目にツルリと指が滑る。ワックス脱毛済みの赤ちゃんのような肌は他のどこより柔らかく、中からあふれ出るエッチな液で濡れている。

男が味わった私は、こんなにも滑らかな感触だった。そう思って指を入れると興奮する。

「ツァ、隼人」

他の男にされたことを自分の指で再現しながら、大好きな男の名前を呼ぶ。目からあふれる涙が熱く、それすらどこか心地よく、そのままシーツの中に溶けるように眠りの中へと誘われる。

枕の下で鳴る、少し鈍ったデジタル音で、目が覚めた。

「エリ、良かった、出てくれて。無事で。寝てたの？」

「……ごめん、今は、うん、寝てた」

心からホッとした様子で隼人が漏らす息が、優しすぎるほどに優しい彼の声を掠らせて、電話越しに伝わるすべてが私をとても喜ばせる。

心配をかけた申し訳なさと昨夜の罪悪感は、もちろん混じる。だけど一番は、隼人のことが大好きな気持ちが膨れあがる。

隼人が私の名を呼ぶ声をもう一度聞きたいと思ったそばから、とにかく無事で良かった仕事に戻ると、短い通話が急に終わる。

気づけば私はいつもの一人ぼっちの土曜日の中にいて、あぁそうだった、ととても静かに思い出す。

他の男とセックスをしようがしまいが、情緒はどちらにしたって不安定だったということを。そして、罪悪感の乱れが混ざっている今のほうがまだ、隼人に対して一方的に乱れ続けるしんどさよりは、少しだけマシだということも。


日曜深夜、当直明けの隼人の部屋に私が出向く。あんなに心配していたのに、特に大事《おおごと》ではなさそうだと分かった途端にいつものクールさを取り戻したのは、医者だからなのか。仕事が忙しいことは分かっているけれど、私の心情には関心すらないように思える冷静さには毎回寂しくさせられる。

そう思うと、電車を二つも乗り継いで彼の家に向かうのが、いつも私だということにも怒りを感じてくる。

だけど、ドアが開くなり、中に引き込まれるような強い力で抱き寄せられて、私はやっと隼人に会えた。隼人の長い腕の中にすっぽりと包まれる。鼻先が擦れるTシャツから、いつもの清潔な香りがする。それだけでもう、怒りなんてどこかに溶けて消えてゆく。

いつもの隼人と違ってる。玄関で、まだヒールを履いたままの私の背中を壁に押し付けて、顎にそっと手をかける。そして、上を向かせて優しく唇を重ねてくる。今までキスをした誰よりも柔らかい、この感触を唇が覚えてる。

まるで、互いが本物であることを確かめ合うかのように私たちは目を閉じて、口で唇を感じ合う。隼人のヒンヤリとした手の平に、火照る頬が包まれる。大切だ、と心から言われているような優しいキスに、泣きかける。

大好き、と言おうとして小さく開けた口を唇でまた塞がれて、隼人の舌先が舌にあたる。たったそれだけで溶けるほどに気持ちが良くて、私たちは口の中で柔らかな舌を絡めあう。

唾液が舌をすべらせる。口の中の粘膜の滑るような感触に、膝の力が抜けてゆく。身体がうずく。

触れて欲しくて、早くそこに触れて欲しくて、頬を包む隼人の手に、ねだるようにして指を絡める。と、隼人がキスをやめた。

「エリ、」

怖さを感じるほど、冷静な声だった。

「エリ、誰かとした？」

とても唐突で、頭が真っ白になった。

「一昨日の夜、俺が電話した時、誰かとしてた？」

まつ毛が擦れるほどの距離で、真剣な目で見つめられて、逃げ場などどこにもなくて、

「うん」

目をそらすことなく、隼人をまっすぐに見つめ返しながら、私はそう答えていた。

パッと、隼人が私の身体から離れた。私とキスをしたばかりの自分の口を押さえて、目を丸く見開いて、信じられないものを目にしたような顔をしている。

ハッと、したのは私も同じだった。その姿を見て初めて、ウソをつくという選択肢もあったことに気がついた。

「隼人のことが好きすぎて、そうでもしないともう、無理だった」

その場にしゃがみ込み、靴を履き出した隼人を見下ろしながら私は言った。目からポタポタと落ちてくる涙はきっと、隼人の気持ちを私から余計に遠ざけることだろう。そんなこと、分かっているけれど、出てくるのだから仕方がない。

マヌカハニー配合。うちの新作のグロスをバッグから取り出して、また唇に塗っている。隼人が出て行った彼の家の玄関で、私はヒールを履いたまま、もう1時間以上も座っている。この数日間に起きたことを、ぼんやりと思い返している。

したことすら、すぐに認めたのだ。最後に私が隼人に言ったセリフこそホンネで、今起きていることのすべてだった。

タカハシとのセックス中、いつもならすぐに飛びついてしまう隼人からの着信を、無視できたことに安心したことを思い出す。それも駆け引きの一つに入るなら、これは失敗。大失態だ、と言ってもいい。

だけど、嬉しくなかったのだ。作為的に私が彼を不安にさせたことが理由となって、電話を何度もらっても。

どんな手を使ってでも相手の心が欲しいから、人は駆け引きをするのだろうか。今、距離が明らかに離れてしまった大好きな男を想いながら、ひんやりとした頭で考える。

頭がおかしくなるくらいに好きだけど、それでもやっぱりこの関係は丸ごともういらないかもって思ってる。

隼人は私から逃げるようにに出て行った。出て行けとは言わずに、自分の家に、私を置いて。大事な私を守るように、外側からきちんと鍵までかけて。

そんな隼人のこと、猛烈に好きだと改めて思っている。心が張り裂けるくらいに感じている。だから涙が止まらない。そしてとても正確に分かっている。

この強烈な感情に導かれたのが、今、私がいるひとりぼっちの玄関だってこと。

出て行ったあなたは正解。そうね、自分が壊れる前に、互いの人生から今すぐに消えようか。

ハニーが苛立つほどに甘いリップクリームをバッグにしまって、細いヒールで立ち上がる。

あんな駆け引きは不作為。こんな行動もとても不本意。だけど私はこうしてまた、一番に欲しいものを、自らの手で壊しにかかる。


もし、恋に堕ちたことがなければ、分からないでしょう。恋を選び破滅するか、恋を捨て生き延びるか。二択に追い込まれてしまうほどに強烈な、この心情。

って、選択肢が二つあるからといって、自分で冷静に選べるはずもなく。ハッと気づいた時には、どちらかがブッ壊れている。その時になって初めて、神様が出した結果を知ることになる。

だから、そう。自分の手で壊しただなんて、強がりよ。うん、でもそう。私は隼人のいない道を歩む運命だった。それだけのこと。

一生懸命、そういうふうに考えている。彼の家からフラフラと一歩ずつ、身体を遠ざけながら。

それなのに、彼との心の距離が最も近かった時のワンシーンが頭の中でリフレインされる。

「ねぇ、どうして、困った顔？」目の奥を覗き込むようにして隼人に聞いたら、

「いや、ただ、困惑してるだけ」彼が目線を私からそらし、「困惑？」

「や、そうやって、気持ちをそのまま口に出して伝えてもいいってこと……」

聞き返すように顔を傾けたら、彼は子犬のような目で私を見て、

「……君に会うまで、知らなかったから」

どうしてあの時、嬉しすぎて悲しくなったんだろう……。

その答えが出る前に、鼻の奥がツンとして、ほぼ同時に思い知る。

私の中で彼が最も好きだと思っていてくれたところを使って、傷つけてしまったこと。彼に負わせてしまった傷の深さを想像したら、死にたくなった。

それこそ、あなたに会うまでの私なら、そこから自分への愛情の大きさを測って、感じて浸って自惚れて、声を噛み殺して泣きに泣いたのだろう。

救いようのない、自作自演の悲劇のヒロイン。

もし私が神なら、そんな女にハッピーエンドは用意しない。あ、腑に落ちる。だから今、こうなった。

涙が出ない。隼人は私を変えたのかもしれない、と思いながらも、新しい自分で隼人のいない人生を生きる意味は見つからない。

空車サインを赤く光らせるタクシーを、いくつも見送りながら歩いていたら、彼の家の最寄り駅が見えてきた。そういえば、夕方から夜へといつ切り替わったのか分からない。あたりは暗く、空気がぬるい。未来の中心に存在していた彼を失い、もぬけの殻のようになった人生予想図。私はそんな白紙の上に、ポツンと置かれたコマのよう。これからの行き先を教えて欲しいのに、サイコロすら見当たらない。

何本目かの電車が、ホームに勢いよく入ってくる。もう、向かう場所がないという理由で、同じところにいることにも飽きている。ヒールの傾斜でパンプスの先っぽに追い詰められたつま先が、ひどく痛む。生温かい突風に髪を一気に後ろに飛ばされながら、ぼんやりと、だけど強く願ったことはひとつだった。

あぁ、なんだか誰かに、抱かれたい。

「おねぇさん、ハチミツの味がする」

もしかしたら神様は、私に少し優しすぎる。そんなことを考えながら、会ったばかりの美しい女の子の背中を壁に押し付けて、柔らかい唇を舐めている。これは、一体何のご褒美なのだろう。そう思わずにはいられないほど、彼女とのキスは丸ごと甘い。

シルクのキャミソールから今にもこぼれ落ちそうなオッパイに、そっと触れる。後ろから、タカハシの腕が私の腰に巻きついてくる。首筋に息がかかって、ゾクッと一瞬肩が震える。男の力でギュウッと強く、抱き締められる。女の子の柔らかな舌が、私の口の中に入ってくる。

数時間前、自業自得の罪で欲しかった未来を失った。だけど、その直後に欲しいと願った夜ならば、想像を超えるものがすぐに向こうから勝手にやってきた。

両手で下からすくい上げるようにしてオッパイを摑むと、「ァ」。耳元で彼女が小さく鳴いた。その声の可愛らしさとマシュマロみたいにふわふわした胸の感触に、理性が飛ぶ。

「あぁ、ん。おねぇさん、エッチ」

彼女のオッパイに指を食い込ませながら、乳首を口に含ませて、その柔らかさを貪るように味わっている。後ろに突き出した私の尻には、タカハシの硬くなったものがあたっている。

ここは、会員制バーの秘密の個室。

店の奥の壁に作り付けにされたブックシェルフは実は見せかけで、カードキーをかざすと棚が左右にスライドして新たな部屋があらわれる。大物芸能人が密会に使うという例に漏れず、ここでタカハシとデートをしていた彼女も広く知られるタレントだった。

『今一緒にいる美女が、女の人としてみたいって。口が固くてキレイなお姉さんがいいって言われて、エリしか思いつかなかったんだけど、なにしてる?』

行き先も決めずにとりあえず乗り込んだ電車で、スマホを出したらきていたメール。怖いくらいのタイミングの良さに、比喩ではなく身震いがした。

「ぁ、ぁあん、ああンッ」オッパイを私に激しく揉みしだかれて、激しく乱れる彼女の姿に興奮してキスをする。奥まで舌を差し込むと、彼女も中でねっとりと舌を絡ませてくる。顔にサラサラと落ちてくる彼女の長い髪からは洗い立てのシャンプーの香りがして、とろけるような口内からはラム酒の甘さが微かに香る。肌はしっとりと艶やかで、どこもかしこも柔らかい。

「ん、んんッ」

キスの隙間にいやらしい声を漏らしながら、私という初めての女に彼女もまた溶けていく。もう彼女しか見ていないように見せかけながらも、私はわざと時々唾液の音をたて、後ろにいる夕カハシを挑発している。私たちを眺めながら、クルクルと円を描くように私の尻を撫でている彼の手が、スカートをパンティごと引きずり下ろしてくれることを望んでいる。

ということは、彼女だってそろそろ欲しがっている。太ももの内側に触れると、そこまでもう濡れている。ツーッと彼女の愛液を指でなぞりあげるようにして、割れ目に指を滑り込ませる。

「や、ソコはだめッ、あッ」私から唇をパッと離して抵抗した彼女の可愛い声に、おもわず2本、指を一気に差し込んでは奥を突き上げる。

「クハァ、イヤァッ」壁に彼女の背中を強く押し付け、中をかき混ぜる。クチャクチャと、私が彼女を犯すいやらしい音が、タカハシにも聞こえていると思うと興奮する。中で第一関節を少し曲げて、Gスポットを刺激し続けると、

「ヤバい、ヤバい、ヤバい、イクゥッ」

ガクンと頭を壁に打ちつけ、彼女が果てる。

「可愛いね。えっちなコ」

床に寝そべった彼女の裸体の上に乗って優しくキスをしてあげていると、後ろからタカハシに腰を掴まれる。スカートがたくし上げられて、パンティの脇から太いものがズブリと中へと挿入される。

「ア、あァッ!!」

これを待ち望んでいたことを、全身で感じたその瞬間、大声で叫んでいた。嬉しくも悲しくもない。ただただ身体が、痺れるほどに気持ちいい。

私はこれで愛を失って、その隙間をまたこれで満たされている。

もう、私はきっと一生変わらない。これは、病気なのかもしれない。柔らかな女の子の裸の上で四つん這いになって、男に後ろから突かれて喜んでいる自分を、どこか遠くから見ているよう

な感覚の中でそう思う。

　パン、パン、パン、とタカハシがバックで攻める音が響いている。繋がっている部分が、熱を帯びる。キモチイ、キモチイ、とバカみたいに私は繰り返す。女の子は下から手を伸ばして、私のオッパイを自由に揺らして遊んでいる。

　アソコに突き刺さるタカハシの太くて硬いモノ。オッパイに触れる女の子の手の感触。ふたりの身体に挟まれながら、私は自分の身体がここに存在していることを初めてほんとうに実感する。

　駅のホームで私はあの時、そのままフラフラとフワフワと、ぬるい熱風の中に蒸発して消えてしまいそうだった。自ら飛び降りて命を断つまでもなく、電車のスピードが揺らした空気の圧だけで、自分という存在が風船みたいにどこかに飛ばされていってしまいそうだった。

　隼人は、もともと地から少し足を浮かせて生きていた私を、初めて地まで下ろして留めてくれた重りだった。いなくなったから、もちろんすぐに、また浮いてしまう。今までより高いところに、飛んじゃいそう。

　イヤなのに、フワフワと浮いてしまって、自分を自分だと実感できなくなる。

「ねぇ、タカハシ、もっと強く。もっと強く身体の奥まで突き上げて。私に、自分の身体が、ここにあるって感じさせてッ!!」

　実際に口に出して叫んでいた。だからって誰も別に引かない。セックスは麻薬。今ここで身体を絡め合っている3人はシラフじゃない。

私のシャウトに返事をするのは、ただ1人。頭の中の、隼人の声。

「や、そうやって、気持ちをそのまま口に出して伝えてもいいってこと……。君に会うまで、知らなかったから」

まるで、愛しているって伝えるような綺麗な声が、汚れた私の奥をえぐる。情けなさに、涙が出る。あれは隼人が私にくれた「愛してる」という言葉、そのものだったと今気づく。嬉しいはずなのにすごく悲しかったのは、二人の愛がピークを迎えたその時初めて、失う予感がしたからだ。

「おら、これが欲しいんだろ？　なら、もっとヨガれよ」

タカハシが、思いっきり私の尻を引っ叩く。

「アァッ！！」

あまりの痛みに、新たな涙が目に滲む。私の代わりにこの身体を罰してくれる男の存在に、心から感謝する。女の裸体の上に倒れ込んで、謝罪のキスをする。

男にヤられながら、女の口の中で喘いでいる。飴みたいに甘くて柔らかい女の舌の感触と、ムチをふるような激しさで内側を打ち続ける、力強い男の感触。同時に味わうあまりの気持ち良さに、意識が、隼人からやっと遠くに離れていく。

そう思った瞬間、また声がする。

「エリのその飴とムチ使い、俺のほうが、不安になるよ」

隼人を玄関で見送った幸せな朝だった。私は彼の新妻を演じて、「行ってらっしゃい」と背伸びをしてキスをした。

一番に思っていたことだけは、どうしても口に出して伝えることができなかった。意地になって、自分の頭の中でさえ否定した。神様はやはり、こんな私に優しくなんかしてくれない。セックスで溶けてゆく身体の内側から、自分の本心が今になって込みあげてくるのを止められない。

私は隼人と、結婚がしたかった。

もし、私が私ではなかったら、隼人との恋は今も続いていたのかもしれない。グルグルと頭の中でいろんなことを考えた果てに、元も子もない結論に行き着く。いつも……。

だって、出会った夜からやり直してみたとしても、私が私である限りはまったく同じ道をなぞってしまうと思うから……。

それにしても、元も子もないっておもしろい表現。Googleで意味を調べてみると、利益ばかりか元手まで失う・なにもかもをすっかり失うと出てきて、少し笑う。

「なにがおかしいのぉ？」

寝起きで、けだるく可愛いルゥの声。若い女の子特有の、甘えた語尾の伸ばし方。

「んー？　自分に呆れすぎて、虚しくなりすぎると、笑っちゃわない？」

「アァ、うん、分かるかも」

私のシルクのパジャマを身につけたルゥの腕が、伸びてくる。ベッドの上で体育ずわりをしてスマホを見ている私の太ももを、撫でてくる。

「てかエリさん、それ一枚で寒くないの？　今日、雪降るかもだよぅ？」

「……あぁ、冬か、今」

素の呟きにルゥは笑ったけれど、今自分が人生のどの時期を生きているのか、ほんとうに分からなくなることがある。

隼人と出会ったのも、冬だった。半年間付き合って夏がくる前に終わり、会えなくなってからまた半年が経とうとしていることになる。

――恋を忘れるには、好きだったのと同じだけの時間がかかる。

美容院で手にした女性誌に書かれていた。初めて読んだ時も〝ソレらしくバカらしいタワゴト〟だと強く思ったから覚えている。ただ、あの時の私にとって「恋愛感情の死」というものはシャボンが弾けるように一瞬のことだった。未練などというものを知らなかったから、そう感じた。でも今は、真逆の理由で同じタワゴトを否定する……。

「エリさんのその横顔、好きだよ、私」

ルゥがそう言いながら、太ももに置いた手を内側へと滑り込ませてくる。あたたかい、ルゥのその手に私の中のどこかが癒える。

「いつも、いつも、考えているでしょう、そのヒトのこと」

ルゥの指が、パンティを穿いていない私に直に触れる。

「……うん。こんなの、初めてなの」

目を閉じながら、可愛いルゥに私は頷く。

「そういうのって、すごくステキって思う」

中にツルンと滑り込む、ルゥの細い指。「……シッ」と口から、甘い声が出てしまう。

隼人と終わって半年が経つなら、ルゥとのこの関係もそれくらいになるということだ。3人で激しくヤッた夜以来、タカハシとは会っていないが女のコのほうはうちに住み着いた。

あの時、芸能ゴシップに疎い私だけがルゥの事情を知らなかった。それくらい、当時のルゥは日本中からひどいバッシングを受けていた。理由は男性俳優との不倫らしいが、休業までして謝罪すべきことなのかと驚いた。が、ルゥは実際にあれからずっとうちにいる。

互いに乱れた心が招いたあの夜のハプニングと、「しばらく男はいい」というタイミングとが重なった。女同士とはいえ、否、女同士だからこそ惹かれ合い、身を寄せ合うのは自然な成り行きだった。

「ここも」と言ってからルゥは指を入れたまま、そのすぐ上にチュウッと吸い付くようにキスをする。

「エリさんの、どこも、かしこも、ステキって思うの」

「アッ」と私は仰け反りながら、太もものあいだにあるルゥの髪を両手で優しく摑んで言う。

「……ルゥ、私もよ。可愛いってすごく思うの。私の可愛いルゥちゃん、おいで」

おいで、おいで、こっちにおいで。

足のあいだから顔を上げたルゥを膝の上に引き上げて、抱っこするみたいに包み込んでからキスをする。

おいで。こっちに、おいで。

私があなたを、気持ちよくしてあげるから。

「……私の可哀想なルゥ」

世にいじめられすぎてコンビニに出ることすら怖いのか、まるで飼い猫のようにずっと私のベッドの中にいるルゥのこと、とても愛おしく思っている。

まるでペットみたいなルゥのこと、シーツの上で素っ裸にして、メチャクチャにしながら心の中で話しかける。

ねぇ、ルゥ。セックスは罪かな？

罰はなにかな？　失ったことかな？

アァ、でも分かるよね。こんなにも、キモチいんだもん。

セックスを罪とすることでセーブかけなきゃ、人は簡単に人の道を踏み外す。でも、人の道ってなに？　倫理？　アァでもそれもまた皮肉よね。

私の指をくわえ込んだルゥの柔らかな唇から、いやらしい音がする。トロンとあふれる蜜をすくうように舌で舐めると、「やめて」「やめて」と甘い声でルゥが泣く。身体をよじらせて、私から逃げようとするルゥの太ももを、強い力で押さえつける。

禁じられていればいるほどに、興奮するのはどうしてなの？

女のコ相手に、こんなイケナイことをしてるって。そう思えば思うほど、私もルゥも、身体ごとトロトロに溶けてくじゃんね。

ベッドでセックスをした後、キッチンでパンケーキを焼いて食べる。「冷える」「冷える」と言い合いながらバスルームに移動して、湯船につかってまたキスをする。互いにバスタオルを巻いただけの状態で「寒い」「寒い」と大笑いしながら、小走りでまたベッドへと戻る。

雪が降りそうで降らない、日曜の午後の中にルゥといる。

ネットフリックスの画面を指先でクルクルとスクロールしているルゥの、雪だるまみたいに服を着込んだ姿を笑いながら布団にもぐる。

ルゥと暮らして分かったコト。リズムの合う相手となら、狭い部屋の中ですべてがコト足りる。いくつもの穏やかな休日を、慌ただしい平日にも安らげるたくさんの夜を、ルゥに私はもらっている。

薄暗い寝室の壁一面に、プロジェクターが眩しいくらいの光を反射して、ハワイのビーチを映し出す。「あのね、この男の子とあの女の子が」と、リアリティショーの人間関係を説明しはじめたルゥを横目に、スマホに自然と手が伸びる。1件の不在着信に気づいて、ルゥに聞く。

「ね、タカハシ、気づいたのかな？　うちらのこと」

「ん？　エリさんが言ってなければ、知らないはずだよ」

「そう。昨日も連絡きてたから、ルゥのことかなって。でも何も返してないや」

「エリさんのこと、好きなんじゃないかな？」

パッと私のほうを振り返って、ルゥが言った。

「ないない。あいつ女いっぱいいるし」

即答すると、ルゥの視線が壁へと戻る。

「えー、でもなんかそんな感じするけどなぁ。だって私には連絡ないもん。ま、全然いいけど」

ほんとうに興味がなさそうなルゥに、私は小さく笑う。

「あはは。タカハシって、なんかそういう男よね。わかる」

男も女も、同じかも。誰とでも寝る人って、軽く扱われる。誰かとするたびに、人を本気にさせるだけの魅力が薄れるのかもね。回数は重ねてもいいけど、人数は増やすべきじゃないのよ。って、自分に都合の良い持論だけれど。そんなようなことを思っていたら口にも出ていたらしい。

「え、でもエリさん。経験人数、少ないわけじゃないでしょ?」

ルゥがいつになく真面目な顔を、私に向ける。

「ん、多くはないよ。10人くらいかな、女の子は3人」

信じられない、とでもいうように目を見開くルゥの顔には、少なすぎると書いてある。

「ルゥは?」

「……言えない」

「そう」

「でも、女のヒトは、エリさん1人」

「……うん」

一緒にいて初めて、気まずい空気が広がった。ルゥがジッと見つめる先のハワイでは、知らない女の子が知らない男の子にフラれてる。

その夜は、なんとなく私から手を出せなかった。背を向けて眠るルゥの、首筋におやすみとキスをした。

どうしてだろう。ルゥのことを考えていたら、なかなか寝付けなかった。今までたくさんの男たちとのセックスで、傷ついてきたにちがいなかった。慰め合うようにして、私まで彼女を傷つけていたらと思うと怖くなった。

丸くなって眠るルゥの小さな身体に、何度も布団をかけなおす。いつだったか、お風呂の中で言ってくれたルゥのセリフが夢の中で蘇る。

「好きなヒトから、連絡くるといいね。私なら、許すよ。好きすぎて怖くなって浮気しちゃったっての、エリさんの場合は本当だもん。それならそれで、私なら嬉しい……」

アラーム音で目覚めると、私は月曜日の中にいた。隣にいたルゥが荷物とともに消えていて、大きな声で名を呼びながら窓を開けると、今年初めての雪が静かに宙を舞っている。

もし、違法の粉みたいにサラサラと宙を舞うこの雪が、白い絨毯のようにきちんと地に積もったら……。そしたら、隼人に会おう。否、もしそうなればきっと、また会える。

ねぇ、ルゥ。バカみたいだけど、分かるでしょう?

根拠などどこにもない、恋占い。乙女チックよね、好きキライを決めるのは花弁の枚数、みたいなアレ。でも、現実に追い詰められすぎても、ココにたどり着くのよね。

自分で勝手にルールを決めて、自分にはコントロールが及ばぬ領域が勝手に出した結果に、自分の未来を託そうとしてしまう。

あぁ、ルゥ。こういうことね。

「占い」って「途方に暮れる」と、同義語ね。

開けっ放しにした窓の前に立ち尽くし、出て行ったばかりの女のコに頭の中で話しかけている。

脳内会話の相手が、隼人からルゥへと変わっている。依存していた相手が目の前から消えると、いつだって次は心に棲みつく。

と、いうことは――――。

地上に下りるまで待てずに溶けては消えていくこの雪も、そのうち積もりはじめるかもしれない。一気にぴしゃりと閉めた窓に背を向けて、ベッドのシーツに両手をかけた。

白い布がブワッと一瞬、視界を舞う。それを見て、またピンとくる。うまく言えないけれど、直感を得たのだ。

生活の中からルゥが消えて頭の中へとやってきたのだから、そこから弾き出された隼人が私の人生に帰ってくるような気がしてならない。

私の予感は、当たるのだ。

ハズれたことなど、一度もないと信じ込む。まわり道をしたとしてもいつだって、最終的には人生が思うようにコマをすすめてくれる。

そう。神様に愛されている実感を積み重ねて、私はここまで生きてきた。ルゥが染み込んだシーツを洗濯機の中に放り込んでから、右手の指を折って数えてみる。これまでの人生の中で幸福を感じた瞬間のカウントが、なによりの証拠となる。

――――感じる。

不安が自信へと、色を塗りかえていくのを、感じている。

きっと、今はまだ降りはじめたばかりの粉雪も、夜になる頃には視界一面を希望通りに真っ白に染めてくれる。


「ねぇ、隼人、私に会いにきて？」


私の人生、という名のこの物語は、ほんとうは誰のものだろう。

もし、雪が降り積もらなければ、私はほんとうに隼人に連絡したりはしなかったのだろうか。

ちっぽけな私以外の、大きな力を感じている。

半年前に彼の玄関を出て以来、一切の連絡をしていなかった。病院勤務故に携帯に出られる時間が限られた彼からしてみれば、とてもランダムな一本の電話。

それが、わずか数コールで繋がった。

そして、こうなることを私ははじめから、知っていた気までする。

洗い立てのシーツの上に膝を立てて座る私が、耳をあてたスマホの向こう側に、確かに隼人が存在している。

――――――「……」。

電波越しの静寂の中に、隼人がいる。頭の中でも、心の中でもなく、ココにいる。

彼の名を呼ぶと、彼の気配が左耳から入り込む。電話に出たことに驚きはしなかったのに、今は夢を、みているような気持ちになる。

「……ね、隼人」

「ほんとうなら、不安になるところだと思うの、今……。半年ぶりに連絡をして、会いにきて欲しいとお願いして、相手が黙り込んでしまったわけだから」

「……」

「それなのに、不安を感じるほどにはリアリティに欠けるの。ずっと、ずぅっと、考えていたからあなたのこと。だから今こうして、あなたと電話で話していることじたいが、とても不思議な気持ちで……ねぇ、元気？」

胸いっぱいの喜びで、自然と語尾が明るくあがる。電話で繋がる隼人と私のあいだの空気が揺れて、彼が小さく笑ったことが伝わった。目から涙がこぼれ落ちたのと、ほぼ同時に――

「会いにいくよ、今から……」


なんて答えて通話を切ったか、覚えていない。

思い出すのは、「オキシトシン、バソプレシンに、ドーパミン」。初めてのデートであなたが教えてくれた、愛で覚醒すると分泌されるという神経伝達物質のリスト。

ハイになるのは愛よりも恋じゃないかしら、と言った私にあなたは聞いた。

「恋は時に、テストステロンを低下させて不安を助長する。一方愛のドーパミンは、不安を感じる部分を麻痺させる。さて、どちらがコカイン？」

玄関のドアを開けた途端に、私たちは火がついたようにキスをした。雪崩が崩れるように床へと倒れ込み、私たちは互いを激しく求め合った。

膣に差し込まれたあなたの指は、深夜の雪道に冷え切っていた。そのあまりの冷たさに、ボッと火照るような熱を感じるほどだった。自分の身体の内側の熱を、あなたを通して感じていたら抱き上げられて、私はベッドへと運ばれた。

シーツの上で身体を絡ませ合いながら、私たちがともに溺れていたのはきっと、恋が壊したものを愛が修復してゆくハイな過程。

もう二度と会えないかもしれない。互いにそう思っていたすべての時間が、セックスの前戯と化した。肌と肌とが触れ合うだけで涙が出るほど嬉しくて、それなのに、舌と舌を絡ませ合ってもまだ足りなくて。

ひとつになりたくて、なりたくて、なりたくて。


その一心で身体を限界まで交えているのに、ぶつかり合うのは、ふたりの身体の境界線。

そういう意味では、メイクラブとは皮肉な行為。だけど体感は、ひとつに溶け合えぬことでピークに向かう。

ふたりの身体のギリギリの粘膜が、擦れ合うことで熱を持つ。極部から全身へと伝う快楽とともに、すべての恋の苦しみが、ひとつの愛へと昇華していく。

だって愛とは、互いが別の人間であることを理解して初めて芽生えるもの。

そう。こんなにも愛しても、同化することは不可能だと思い知った、その瞬間――


「エリ、俺、気が狂う」

ヒトコト漏れると、そこから一気に感情が言葉へとカタチを変えて、彼の口からあふれ出た。

「恋い焦がれる想いに焼きつけられて、自分から電話ひとつかけることができなかった俺が、もう一度君を失ったらもう生きてはいけない。

手錠をかけて部屋に繋いでおきたい。いや、そうする代わりに、俺から二度と離れないと誓ってくれないか、エリ、今すぐ――」


最中から、けたたましく鳴り響いていた病院からのオンコールが、彼に吐かせた台詞とも思う。

恋なのか、愛なのか。愛なのか、恋なのか。二人をすぐにでも引き離そうとする着信音の中で、両方がドロドロに混ざり合い噴き出した想いは、ひとつの願い。


その魔法のような響きを頭の中で反復しながら、ぼんやりとした頭で窓を開ける。乾いたアスファルトが、朝の光に照らされている。さっきまで私の中にいた彼は、白衣を身につけ仕事をしているのだろうか。

昨夜のことは雪ごとすべて幻覚だったのではないかと、不安になってシルクの裾をたくし上げる。自分に触れると、自分のものとも混じった愛液が、タラリと太ももの付け根に滴り落ちる。

言葉の媚薬に舞い上がるココロ以上に信じることができるのは、この身体に、確かに残る愛の余韻。
もう二度と、離れたくない。離れない。手錠をかけられ所有される快感があること、あなたが初めて教えてくれた。

神様のさじ加減ヒトツでまた決まる。
夜がくる頃、私はヒトの、妻となる。

P.S.
ねぇ、ルゥ。「現実は小説より奇なり」とは、運命に翻弄される、選ばれし者のみが体感する「真実」なの。人間ごときが抵抗などできやしない、大きな引力に動かされていることを、人生を使って感じ取ること。それこそが、生きる醍醐味。それ以外には、ありゃしない。

だから、小さな自分を丸ごと信じて。
もし、運命に愛されたいなら、まず。

「完」

## ――あとがきにかえて

「キャァ、やめてぇ。寝かしつけないでぇ。〆切すぎてるのぉ」

後ろから腕をまわし、よしよし、と隣に寝そべる私の髪を彼は撫でる。

「エェエ、まぶたが落ちちゃうよ。なぁに、その静かなるオスなプレイ」

何も言わずに〝行かないで〟って伝えてくる優しい指先、負けちゃいそう。

「ダメ。ダメダメ！　ヤリモクビッチ！　私はヤリモクビッチなの‼」

「えっ？」

私のうなじに顔を埋めていた彼が、ここで初めて声を出す。

「え。俺、ヤリモクなの？」

「キャハハ、なにそれ！　めっちゃ面白い！　それヤバい！ｗ」

彼の反応が面白くって可愛くって、エビみたいに体を丸めて笑っちゃう。

「アハハッ！　私じゃなくて、今書いてるヒロインの話よ。だって、ねぇ、これがヤリモクだったら、手間ヒマと人生かけすぎでしょ？ｗ」

「うん、まぁｗ」

「それにしても、よ。私は今こんなにも甘ったるくて幸せなのに、キレッキレなヤリモク女の心理

SEX

描写をするって、職業：メンタル女優よね」

恋人のあたたかくて甘い腕を、一人でキャッキャと自画自賛しながら、すり抜ける。

「カフェで書いてくるねん」「うん。いってらっしゃい」。

あぁぁ、溶けそ。幸せすぎて、やっぱり溶けそぅ。

地位や名誉や富なんて、好きな男と抱き合うこの時間に比べちゃったら、これっぽっちも「幸せ」くれない。大好きなヒトと愛し合う時間より大切なモノなんて、この世界にはそもそも用意されていない。

――と言い切りながらも、やっぱり私は心の底から「書くこと」も愛している。この行為を「仕事」と呼ぶことに違和感を抱いてしまうほど。

そうして私は、出会ったばかり、付き合ってまだ1ヶ月にも満たない恋人が読んだらドン引きしそうな本書の第一話を書きあげた（笑）。――って、そんな私の仕事の刺激にもっと惚れてくれること、知っているけども。

37歳。身体から、人生から、余計なものがスルスルと抜けてゆく。とても心地よくそれが抜けてゆくのを感じて初めて、ずいぶんと長いあいだそこに圧がかかっていた事実を思い知る。

――「もし、それが本当なら、もう生きる意味がないから今すぐにここで死ぬ!!」

喉がカッ切れて血が出るかと思うくらいの勢いで、泣き叫んだ。あの時、私はまだコドモで、母の真っ黒なグランドピアノの前に立っていた。

「今すぐにキッチンから包丁を持ってきて、お前を刺し殺して私も死ぬ!!」

13歳だった私は、父にそう叫んだのだ。喧嘩中の売り言葉に買い言葉で口からポロッとでたセリフで娘にそこまで激昂された父の、途方にくれた背中も鮮明に覚えている。「お前みたいな女は、男に愛されない」というワードが娘の地雷であったこと、父は知る由もなかったのだろう。

今では分かってくれるだろうか。心中の誘いは、究極の愛の告白だってことも（あの時はごめんね、お父さん）。


飢えている女は、ブチキレる。


少女時代、私は飢えていた。恋に。愛に。男に、飢えていた。まだコドモだから、どうあがいたって欲しいものが手に入らなくって、生きづらさを徹底的に味わっていた。大袈裟？　そうかな？

内側のメンタルと外側の器の不一致は、どうしようもない「生きづらさ」を生む。心は女性なのに男性の身体で生まれたトランスジェンダーの方のインタビューなどを読むたびに、似たような違和感を抱いたことがある過去を重ねてしまう。

お風呂場の鏡に映る、そのハダカはまだ子供。これは私じゃないって、ずっとずっと思っていた。「早熟すぎるところが心配」だと、母子手帳の5歳児健診の欄に母のメモが残っているけれど、母親の想像を超えて、それはわりと深刻な問題だったのではないかと、今の私は自分の少女時代を振り返って感じている。危うく、女になるまで待てずに何度かリアルに死にそうだった。

渇望していた初潮を迎え、憧れ続けたブラを初めてつけて、赤い口紅も塗ってみたけれど、そこからもわりと地獄だった。身体が追いついたところで、それでもまだコドモとみなされる社会的地位と精神年齢の不一致……。そして、同年代の子たちとの間に感じるギャップも凄まじかった。

女子力をアゲたいと望む同世代の女の子たちの中で、私は自分の中の「女」をダウナーに保つことに必死だった。20代の前半を使って執筆し、30歳の時に出した短編小説集『オンナ』のテーマがそれだ。あまりにも女であるが故に、いちいち痛い目に合う自分を持て余しては苦しんだ「私の10代の葛藤」をいかして書いた。

――「病だ、女は。枯れてくれ」という心からの叫びとともに。

当時、蜷川実花さんに撮影して頂いた『オンナ』のカバー写真の私のお腹の中には、第二子の娘。写真の中の私はフルメイクで「オンナ」を演じているけれど、実はその頃、心からの願いが現実となった時間の中にいた。第一子を出産した直後から、ウソみたいに体内から女が消えた。母という現象に自分が呑み込まれるような感覚だった。それはそれは夢のように穏やかで幸せなものだった。

「イエーイ。本当よかった。もう戻ってくんなよ、私の中のオンナ！　テメェにはひどく手こずらされたからな」

そんな自分の意思とは反して、二度目の出産から数年が経ったら、「オンナ」が勝手にまた体内で返り咲いた。――家庭を守りながら浮気をするか、一生セックスをしない人生を送るかの二択しかないように思えた。

結婚を貫くならばたったの一度たりとも浮気などしたくもなかったし、新しく恋をするのならばやはり不倫なんてかたちはタイプではなかった。たとえ永遠は叶わなくとも、愛していると言い合える時間の中では、その男一人を徹底して一途に愛し抜きたい想いに対して潔癖だ。――行き着いた先は「離婚」。

やはり「過度なオンナ」はいわゆる「普通の人生」との相性が最悪なのだと思い知らされた。でも、仕方がない。「特別」以外は、欲しくもないのだから。

欲しいものは一つで、それは妥協のない一途な想い。惰性や我慢で互いをつなぎ合うくらいならば、これからもいつだって潔い別れを選ぶ。

だって、男と女は、互いの魅力以外では縛り合えない。そんなシビアな真理に気づいてから、私はとてもラクになった。男と女が終わりを迎えること＝そこにあった愛が偽物だったということにはならない、という真実にも同時に気づいたからだ。でも、永遠の予感がない恋、というものもまた存在しないのだけど。

あぁ、矛盾めいていて、人は不思議。そこ込みで、世は素敵。

私は今、女としてとてもいい季節を過ごしている。振り返ってみればあの頃が旬だった……、ではなくて、「今」、その自覚がある。触れるだけで相手の皮膚に小さな血の丸を作ってしまうほどに鋭利だった棘の先が丸くなり、人間としてもどんどん柔らかくなっていくのを感じている。

――オンナから子猫へ。

余計な「欲」が削ぎ落とされてゆく。

満たされた日々の底からサラサラと。

同時に、もう私は知っている。いろんなものが絶妙にピタリと一致した「今」が、時間の経過とともにまたゆるやかに変化してゆくということも。

ずっと伸ばしていたその腕で、遂に最高のバランスを摑みかけたと思った次の瞬間、それはまたスルスルと指の先からすり抜けてゆくものなのだ。

そういうものよ、でも、いいよ、それすら受け入れてあげるよ、人生。

ハイがあればロウがあって、その奥には地獄すらあるからこそ、突然目の前に差し込む天国のヒカリが目に染みる。泣き腫らしたことのない瞳に映る幸福なんて、たかがしれている。失うかもしれないという不安すら含めて、未来は常に未知であるから素敵だし、自分ごときにはコントロールできない領域にこそ、ロマンは宿る。

だからこそ書き続けずにはいられなくなるし、好奇心でできたようなこの私を、飽きさせないでくれて「ありがとう人生」っていつも思っている。

そして、これは私だけじゃない。そんな人生の中にある、キモチイイこと、みんな大好き。刺激は好き？（ｅｘ．：出産、セックス）。その後に芽生える、特別な誰かに対する何よりも優しいきもちは好き？（ｅｘ．：育児、恋愛）。私はどちらもとても好き。新しいことは特別に好き。そのかわりにきちんと、幸せの終わりすら、泣きながらであっても努めて丸ごと愛するよ（ｅｘ．：子離れ、破局、死）。

この胸を、ドキドキワクワクさせるために生まれてきたでしょ、私たち。

酸いも甘いも、心でその都度感じてきた。オンナは時に、病にも、武器にも、どちらにもなることを知っている。賢くなきゃサバイブできない世だってこと、学んでいる。

SEX

この人生は一度きり。どうしても欲しいものがあれば、必ず自分にあげられる自分でいたい。

――BAD FEMINIST。

2016年度のウーマン・オブ・ザ・イヤーを受賞した際のマドンナの、ずっと味方だと思っていた同性に写真集『SEX』を批判された時に感じた「新しいフェミニズム」スピーチに、私は心の底から賛同する。

いつだって、時代を変えてゆくクールでセクシーな同性が私の先生。

「男女平等を望むなんて、女としての野心が足りていない」って、マリリン・モンローは言っている。もぉ、最高ッて、私は身体の芯から痺れるの。

女の武器も、自分自身を悦ばせるために最大限に使わせて頂く。

エロい女が好き。そんな自分に発情する男を見ると心が満ちる。

この本が、読んでくださったあなたを少しでも、ほんの一瞬でも「ァ」って、キモチ良くできたなら幸せです。何かピンとくるものを感じて本書に腕を伸ばしてくださったあなたを、きもちよくすることに失敗した本作であったならば、期待したのに失望させられた男を捨てるような感覚で「下手クソッ!!」って床に投げ捨ててくださいね。

だって、「書く」と「読む」。セックスにも通じるタイマン行為。そのくらいのリスクは持って、自分なりのエロスを書かせていただきました。

本能を優先して生きながらも計算も得意な私です。官能小説は、ハイファッション誌でしか書かないとデビュー当時から決めていました。どうしたって下品になりがちなジャンルだから、それをスッポリと包み込んでくれる〝シルバーの袋〟は死ぬほどオシャレでなくてはならない、と。

そんな話は一度もしたことがなかったのに、まるで引き寄せの法則みたいに、『Ｎｕｍéｒｏ　ＴＯＫＹＯ』での官能小説連載オファーをくださった、軍地彩弓さん。パリコレモードの軍様を原稿で〝感じさせること〟ができるかどうか、に燃えていた時期もありました。懐かしいです。楽しかった！　本当にありがとうございました。

連載中から雑誌を毎月購入して読み、この作品への愛あふれる感想を送ってくださっていた幻冬舎の壷井円さん。お互いまだ20代半ばだった『Ｔｏｋｙｏ Ｄｒｅａｍ』からのお付き合い、『オンナ』も担当してくださった壷井さんとこの『ＳＥＸ』をつくることができて、共に〝女道〟を歩めていることが本当に心強いの。あなたがいてくれて幸せです。これから先にある私たちの女道の先に、どんな作品が生まれてくるのか楽しみね。今後ともどうぞよろしくお願いいたします!!

SEX

最高の写真を撮ってくれたＲＫ！　お互いの職業を知らずに出会って意気投合し、しばらくしてからインスタを見てお互いに超ビックリした、その勢いのままにサシで挑んだ今回の装丁撮影。「我慢は男の向上心！　発情しつつも手は出さないそのギリギリの感じを写真にいかして欲しいの！　Ｆｕｃｋテリーリチャードソン！ｗ」などとホザきまくる私（笑）に挫けることなくむしろ興奮しながら（笑）、最高にエロく綺麗に撮ってくれて本当にありがとう。ギリギリの紳士、刺激的なセッション、マジ最高の思い出。世界のリョウスケありがとう！

連載時から、スーパーエロティックなハートのリリィロゴを描き下ろしてくれた、生粋の絵描き人、ヤナギダマサミ様。この絵は「リリィさんへの祝福の薔薇」だから、と謝礼を断る男気マックスな薔薇ラバー。出会った時から、自分のアートと経済を結びつける気をさらさら持たない天然記念物のような生粋のアーティスト。お祝いのエロい薔薇、心の底からありがとう。「この薔薇を咲かせる」という約束、ハートロゴをステッカーにして街中に貼って歩くところから守ってゆきます。

図らずとも、８年前に出版した『オンナ』の続編のようになった本作を、まるでシリーズのようなクールな装丁にしてくださったブックデザイナーの藤崎キョーコさん。それもこれも、長い間私の本を担当してくださっているからこそ成せた技（偶然のような必然）、そのお仕事にもご縁にも感謝しています。ありがとう！

そして最後に、10歳の時に手が届かなかった憧れの写真集『ＳＥＸ』を、30歳の誕生日プレゼントとして私に贈ってくれた母へ。親子という縁で出会ったけれど、いつからかやっと、対等な女同士。ついに同じ目線で語り合えるようになったことに幸せと安堵を感じているのは、もちろん私以上に母であるあなたのほうよね。暴れてごめんね。そして、「女」を持て余しすぎて時々狂っちゃうほどの「お母さん」としての日々、本当に長い間、お疲れ様でした。

これからは「子猫」のように最愛の夫に甘えて、奇跡としか呼べないその「終わらぬ恋」に生きて。少女時代に私があなたの男を刺し殺すって叫んだのだって、女としてのあなたに対する嫉妬からだから。名誉と思って、許して。

お母さん、私は37歳にして最近やっと、子供の頃からずっと夢に見ていたような大人の女性になれた気がして、とても幸せだし心から嬉しいの。「これからは女の子の時代だから！　女の子だからという理由で何一つ我慢しなくっていいのよ！」と、愛と夢と希望たっぷりに自立に向けて育ててくれて、感謝してもしきれない。本当にありがとう。

令和、初めての母の日に。

Ｌ・ｉ・Ｌｙ

I dedicate this novel
to all my
ex-sex.

LiLy《リリー》

作家。1981年、横浜生まれ。N.Y.、フロリダでの海外生活後、上智大学卒。音楽ライターを経て2006年デビュー。小説『オンナ』（幻冬舎）、エッセイ『目もと隠して、オトナのはなし』（宝島社）など著作多数。現在は雑誌「オトナミューズ」「VERY」「Numéro TOKYO」にて連載。「フリースタイルダンジョン」（テレビ朝日）に出演中。



初出　「Numéro TOKYO」2015年9月号から2017年12月号に掲載された「Love me if…」を加筆修正し改題しました。Lesson 01は書き下ろしです。

SEX

2019年6月25日　第1刷発行

著　者　LiLy
発行者　見城 徹
発行所　株式会社 幻冬舎
〒151-0051 東京都渋谷区千駄ヶ谷4-9-7
電話　03（5411）6211（編集）
　　　03（5411）6222（営業）
振替 00120-8-767643
印刷・製本所　株式会社 光邦
検印廃止





Printed in Japan
ISBN978-4-344-03473-0　C0093
幻冬舎ホームページアドレス
https://www.gentosha.co.jp/

この本に関するご意見・ご感想をメールでお寄せいただく場合は、comment@gentosha.co.jp まで。